日韓漢語語彙交流の研究

李仁淳 著

제이앤씨
Publishing Corporation

序

中国の漢字・漢語が日本と韓国に伝えられた後、長い歴史を通じて、日常の生活をはじめ、文化などのあらゆる分野にわたって深い関わりを持ってきたことは、改めて言うには及ばないであろう。

日本と韓国では、それぞれ仮名とハングルの誕生によって、漢字・漢語の地位が多少減じたとは言え、その役割が大幅に減少したわけではなく、依然として重要さを保っているのである。しかも、それは日韓両語において、それぞれ独自の文化的社会的背景を持つものとして発展してきたのである。そうした特有の語史を持つものだからこそ、意味用法などの面において異同の生じるのは当然といえよう。

ところが、現に箇々の漢語に関する個別的な対照研究は存するが、それはせいぜい断片的なものか、日韓両語という二言語間のものに止まっているにすぎない。

従って、漢語における意味用法、あるいは意味の変化などさまざまの問題は、日韓両語のみならず漢籍でのそれをも含めて多面的・総合的な考察によってはじめて一定の成果が生まれるはずである。そのためには、やはり幅広い文献や多種多様の辞書を用いた研究が、有効な方法の一つとして考えられるわけである。

本書では、いわゆる朝鮮資料や日葡辞書、韓国漢字語辞典などにみられる漢字・漢語ー主として日韓同形のものが中心となるがーを取り扱い、それらが意味の変化、または意味用法の面においていかなる異同や特徴を持つのかを、考察したいと思う。

本書は、おおむね以下の四つの部門からなる。

Ⅰ 朝鮮資料による漢語研究

Ⅱ 漢語研究の実際

Ⅲ『日葡辞書』と『韓国漢字語辞典』

Ⅳ 日韓両語での「的」について

Ⅰでは、いわゆる朝鮮資料のうち、朝鮮刊本『隣語大方』を用いて、漢籍に典拠を有するか、あるいは、漢籍に存する同じ字面の二字漢語を中心に、その語義について調べ、また同書にみられる二字漢語を中心に、日韓両語での語彙交渉の諸相について考察した。

Ⅱでは、主に穿鑿と僉議、果然、境遇といった漢語を扱い、日中韓での意味内容、意味変化などについてより詳しく調べた。

Ⅲでは、『日葡辞書』と『韓国漢字語辞典』を扱い、二字漢語の語構造と意味、または韓国語における固有漢字語認定の問題などについて、さまざまの観点から考察を加えた。

Ⅳでは、『広辞苑』(第四版)に収録されている的の付く語例を扱い、その語構造と的の上接する二字漢語の句構造のパタンを調べ、また韓国の新聞社説に見られる的の用例を扱い、語構成の面、的を下接する漢字語の意味用法的特徴、あるいは結合関係の在り方を中心に考察した。

以上、漢籍を踏まえつつ日韓での漢字・漢語の問題について考察してきたが、いずれも間然する所が無いほど十全とは言えず、見落としている部分があるかもしれない。しかしながら、本書は漢字・漢語研究の方法論、言うなれば、その研究構想の一つとして考えられるのではあるまいか。

2007年 10月 15日

著者

目 次

II 漢語研究の実際

Ⅲ『日葡辞書』と『韓国漢字語辞典』

Ⅳ 日韓両語での「的」について

I　朝鮮資料による漢語研究

第一章
『隣語大方』における漢語
－漢語の語義を中心に－

1. はじめに

『隣語大方』は朝鮮正祖朝、即ち十八世紀末頃に成立、司訳院を通じて開板された倭学の科試(高級官吏の採用のための国家試験)用書である。

本書の語彙は、小倉進平博士が『朝鮮語学史』[1]において、

> 本書の用語は大体『重刊捷解新語』に同じく、「始さつしやる」「肝入下され」「私を如在思召る」「小送使衆のいはち」等の使ひ方が所々に出て居る。

と述べられたように、江戸中期のことばと考えてよかろう。また、昭和六(1931)年、前間恭作氏が小倉進平氏に宛てた書簡の中には、本書について[2]、

> 話題はあらゆる必要な方面に亘って居る中に、本の約四分一程は

1) 小倉進平・河野六郎補注(1964)『朝鮮語学史』刀江書院、p.438
2) 小倉進平、前掲書、p.436

当時彼我交通の第一要件たる公貿易の事に属します。

とあり、本書の語彙、とりわけ漢語の問題は、かような成立事情も関係があると考えられる。しかも安田章氏は、本書の「成立論への試み」[3)]において、

日本の『隣語大方』の朝鮮文は、日本文に対応すべく作られたものではなく、もともと朝鮮文であった。そしてそこに見られる日本語は、その朝鮮語に配せられたものであったと考えたいのである。

と述べられると同時に、さらに、

もしそれが誤りでないならば、原『隣語大方』即ち朝鮮語学習書の日本文に、朝鮮出来の漢語が散在したであろうことは容易に想像できる。[4)]

と指摘された。要するに、本書には、江戸時代に日常化された漢語はもとより、日本の官名や朝鮮語からの借用語(官名・特殊用語・慣用語)を見出すことができる。

ここで、敢えて朝鮮刊本『隣語大方』を資料としたのは、まず本書は十八世紀、李朝における最上級の日本語学習であること、次に流麗な草体の日本語本文に、漢字ハングル交じりの朝鮮語の対訳が付いていて、他の朝鮮資料に比して漢語が豊富に存するからである。

---

3) 安田章(1980)『朝鮮資料と中世国語』笠間書院、p.338
4) 安田章、前掲書、p.351

本稿では、漢籍における漢語の語義を参看しつつ、日朝両文にみられる漢語を対照せしめ、どのようなことが言えるかを考察したい。

2. 漢語の語義及び選択

日朝両語は古くから中国の漢語を受容し、長年用いるうちに、漢語はそれぞれの国語に溶け込んで日本語、または朝鮮語として通用するようになった。

そこで、日本語とほぼ同じ構文を有する朝鮮語とを、一対一に対応せしめると、一応対訳文によって日本語の文意を理解し得るし、特に対訳の対象が漢語である場合、その語義はより明確に知られるのである。

漢語の語義を確認する材料としては、まず日本語は『邦訳日葡辞書』(以下『日葡』と略称する)と近世の代表的節用集の『合類節用集』(以下『合類』と略称する)、『節用集大全』(以下『大全』と略称する)、『書言字考節用集』(以下『書言』と略称する)などを中心に調査する。

次に、朝鮮語は『東韓訳語』(以下『東韓』と略称する)[5)]、劉昌惇(1964)『李朝語辞典』(以下『李朝語』と略称する)などを用いる。

つづいて、漢籍における用例は、近年、中国で出版されている『漢語大詞典』(以下『大詞典』と略称する)、または『佩文韻府』『駢字類編』に徴してみる。

さて、本書の内容は、訓話から貿易に至るまでさまざまな分野にわ

5) 『東韓訳語』は『古今釈林』(李義鳳、1789)の第八編で、新羅以後朝鮮半島内における言語を類輯し、註解を施したものである。

たって記されているが、本稿で取扱う漢語は、次の(1)、または(2)に該当するものである。

(1)（①～③の条件を充たす）

① 漢籍に典拠を見出しうる語。

② 日朝両国語における同じ語形の二字漢語。

③ ②のうち、語義の面でずれのある語。

(2) 漢籍に同じ語形の漢語が存するものの明らかに朝鮮語からの借用語

と思われる語(借用語には語形・語義・用法といった三通りの借用がみられる)。

3. 対照研究のあり方

松岡洸司氏は「言語と文化受容の変化」[6)]において、

> 二つの異なる言語が出会うとそこに相互に依存するものがあると同時に、他の言語を自国に取り入れるという特徴がみられる。つまり他国の文法・語彙の影響を受け、新しく外来語を創ったり、翻訳された語彙となったりする傾向が見られるという事実がある。

と述べられた。要するに、日朝両語が対訳という形で出会うと上記引用のごとく、語彙において相互に影響し合うという点で、朝鮮刊本

6) 松岡洸司(1991)国語学研究①『キリシタン語学ー16世紀における』ゆまに書房、p.381

『隣語大方』は、日朝両語における漢語研究の資料として用いられてしかるべきであろう。

たとえば、本書(巻四・二十七)に、

> 秋蔘を相働ましてこそ御代官中にも御規模になりませふにより
> (秋蔘 'wr専力ha- 'oa- 'ya代官nai-kə i-to生光 'i toi- 'or-kə -si- 'o-mai)

とあり、日本文中の規模は、朝鮮語「生光」に対訳されている。規模という語は、『日葡』によると「Qibo名誉。また成果、または利得」の意であり、『合類』『大全』『書言』などの節用集にも見出しうる。

一方、朝鮮語の規模は『李朝語』に、

① cyə-kwn規模 (小裁相) (『訳補』五十七・1775年)
② 規模 'is-ta (有規模了) (『漢清文鑑』三六六・1776年)

とある。このうち、①は「物の大きさ」の意であり、②は「(金銭を使う)節度・計画性」の意と解され、当時、日朝での規模は、語義を異にしていることが知られる。

ところで、対訳の「生光」は、諸橋轍次『大漢和辞典』(以下『大漢和』と略称する)において、

① 光を生ずる。
② 日や月の皆既蝕の時、再び光を生ずる。

とある。しかし、塚本勲・北嶋静江(1986)『朝鮮語大辞典』(角川書店)には、①②の意の外、「光栄であること。面目が立つこと。顔が立つこと。」という意味があり、また『倭語類解』(以下『倭語』と略称する)7)にも、

生光《ショウコウ》 ヒカリニナル (下四十三ウ)

とある。要するに、朝鮮語の生光は、日本語「規模」に取って代る形で用いられたことを窺うことができる。前田富祺氏8)は、

ある時代の語彙の特色、ある言語の語彙の特色を明らかにするためには対照研究が必要なのである。

と述べられており、また森岡健二氏9)は、

語彙についての共時的記述が行われるとき、その最も難解な点は、過去における言語主体の意識が不明ということであろう。

と指摘しておられる。ところが、その「意識」により近く接近する有効な方法の一つとして、対訳による対照研究が考えられる。

---

7) 18世紀末頃、洪舜明(1677～没年未詳)が編纂した、朝鮮における漢字を仲介とした分類体の日本語朝鮮語対訳辞書。「口訣」以外は、見出し漢字に対する日本漢字音・日本語をすべてハングルを以て注する。
8) 前田富祺(1990)「連合的意味と統合的意味の間」(国広哲弥教授退官記念論文集『文法と意味の間』くろしお出版) p.36
9) 森岡健二(1960)「語彙大系と語彙史」(『国語と国文学』37-10)

かような観点から、以下、本書において問題となる漢語の語義について詳述することにする。

4.『隣語大方』における漢語

先述したように、本書は草体の日本語本文に漢字ハングル交じりの朝鮮語の対訳が付いているので、日朝両文を互いに照し合せると、日朝両語の意味がより明確になるだろう。

そこで、日本文における漢語「寒心」「下直」「沙汰」「丁寧」「半行」と、対訳の朝鮮文での漢語「矍鑠」「曲折」「東山」「両班」などは、語義の面において特徴的と思われるので、それら九語を中心に検討を加える。

○寒心

・先々商買の取続ませふやふには存知らませひでケ様な寒心な事は御座りませねども（巻七・四）
（前頭買売rar保存ha-‘yə har-ka-si-pu-ci ‘a-ni-ha-‘o-ni ‘i-rən 寒心han ‘ir-‘wn ‘əp-sa-‘o-na）

・我々を大に叱られまするのみなりませず国の大事を不埒にするとて大に事を起とされまして寒心すくなかりませぬにより（巻四・十八）
（‘uri rwr 大責ha-sir-spun ‘nira nara大事rar kw-rat-toi-kei ha-da-ha-sye 挙措rar ha-rye-ha-si-ni 寒心ha-ki 莫甚 ha-‘o-me）

寒心という語は、朝鮮語の対訳も同じ「寒心」であるが、『日葡』にはそれが見当たらず、また『合類』『大全』『書言』にも未収の語である。しかし、唐和辞書の一種である『雑字類編』(1786年)に、

寒心 ムネヲヒヤス (巻四・四ウ)

とあり、一応その語義を推察できよう。

日本側資料の用例としては、管見によれば、

・能功の離れる所に浅工に浅工して刀を加ふ。恐り寒心すらくは患を傷ふに貽らむ。(霊異記上・序)
・老翁年晩れて鬢相驚く、寒心せる旅客は樗散なりといえども(管家文章四早霜) (下線は筆者による。以下同じ)

の外、『三教指帰』、『学問のすすめ』(福沢諭吉)、『一隅より』(与謝野晶子)などに、その例が見えるが、近世の用例は、たった一例も見出すことができない。『霊異記』『管家文章』などの「寒心」は、すべて「恐れおののく」の意であり、本書にみえるような形容動詞的用法ではなく、漢語サ行動詞として用いられている。

一方『李朝語』によると、寒心は「情けない」の意である。本書における寒心という語の場合、文脈の上でその語義を考えると、日朝両文の寒心はいずれも「情けない」の意であるので、文脈の前後がよく合っていると思われる。

日本側資料の「寒心」は、管見の限り、殆んど「恐れおののく」の意として用いられているようで、本書に見えるような「寒心」の意は見当ら

ないのである。

要するに、本書の用例(巻七・四)に限っていえば、日本文中の寒心は、意味用法の面において朝鮮語から借用したものと思われる。

参考までに、寒心は中国の最新の『大詞典』によると、①戒惧(いましめ恐れること)・担心(心配する)、②戦慄・恐惧(恐れつつしむ)、③傷心或は失望痛心、といった意味項目があり、それぞれに、

① 刑始於親遠者寒心 (逸周書、史記)
② 孤子寡婦寒心酸鼻 (文選、宋玉)
③ 呉人加敝邑以乱、斉因其病、取讙与闡。寡君是以寒心。(左氏伝、哀公十五年)

などの用例を挙げる。このことは、前述した日本側資料での寒心の意と同義であり、通説の中国語史[10]でいうと「中世語」に属するものであることが知られよう。

○下直

値段も下直に御座りましたれども(巻三・二)

(kap-to ka-caŋ賎ha-ta-ka)

下直という語は、朝鮮語「賎ha-ta」(ありふれているの意)に訳されており、『日葡』には、

10) 中国語史における時代区分は、小島憲之『日本文学における漢語表現』(岩波書店、1986年)による。それによると、古代語(古代～漢代頃)、中世語(六朝・唐代頃)、近世語(宋・明・清末頃)、近代語(現代)と分類する。

Guegiki ゲヂキYasui atai (安い直)低い価値、あるいは安い値段

とあり、また『大全』『書言』にもその用例がみえる。

こうした用例は、日本の文献に、

・そのやうな下直な物ではない。ようおかやるまいぞ。(狂言記、末広がり)
・其国は魚がめっそうに下直さね。(滑稽本、浮世風呂四 ・下)
・下直に御ひさぎ下され候儀は御用捨下さるべく候(蕪村書簡、安永五、几董宛)

などが見られ、全て「安い値段」の意として用いられている。

一方、朝鮮語の下直は、『李朝語』によると「暇乞いをする」の意である。このことは、特に目上の人に対する「暇乞い」であり、また古制の一つとして「都を離れる役人が国王に暇乞いを奏する」という意でもある。

例えば『海東諸国紀』(1471年)[11]の「朝聘応接紀」(闕内宴)に、

下直[12]肅拝饋餉与、進上肅拝同。

とあり、やはり下直の意であることが確かめられよう。

ちなみに、下直は『捷解新語』の原刊本と改修本にそれぞれ四例、また重刊本に一例が見られるが、苗代川本『交隣須知』にも、

11) 1471年に、朝鮮議政府領議政、申叔舟が王命を奉じて撰進した、日本と琉球の歴史・地理・風俗・言語・通交の実情を記述した書物。

12) 下直肅拝ー我使還る時に辞拝するを下直肅拝といふ。すなわち辞見の事なり。(「朝聘応接紀、海東諸国紀抄釈」『新井白石全集』四所収、1906年)

・明後日御暇乞いの振舞いを御仕りませふほとに(捷・重八・二十ウ)
(明後日下直振舞 rar ha- ‘or-kə-si- ‘o-ni)
・船滄 ‘wi-ka ta-si下直 ha-ri-ni (交・苗一・二十八)
(ハトニイテカサネイトマコイイタシマシヨフ)

とあり、朝鮮語 の下直は「暇乞い」に対応されている。
ところで、下直という語は、宋、黄庭堅の詩『和塔子瞻』に、

玉堂下直長廊静、為君満意説江湖。

とあり、「宮殿から退出する」の意として用いられている。また『大詞典』には、

下直 在宮中当直結束。下班。

とあり、「役所から退出する。宿直の終わること」の意と思われる。
要するに、日本語の下直は、高直(値段が高いこと)の対語として生まれ、主に名詞・形容詞・形容動詞の用法で用いられるが、朝鮮語のそれは近世中国語の下直から転義され、名詞・動詞の用法が中心となる。

○沙汰
其沙汰は御座れども未タ案内が御座らぬにより巻三・二十四ウ)
(kw所聞 ‘wn ‘i-si-toi ‘a-cik案内馳通 ‘i ‘o-si ‘a-ni-ha-‘oa)

「沙汰」は朝鮮語の「所聞」に対訳されているが、『日葡』によると、「話また噂。ある訴訟に関する話または取調べ」の意であり、また近世の節用集には、

・沙汰 ユリシヅム(『合類』)
・沙汰スナヲユリソロヘル如ニ物ヲ穿鑿スルコトヲ云。見徒然参考(『大全』)
・沙汰　以篩貯沙。去其細而存其大日汰。沙之汰之瓦石在後。簸之揚之糠粃在前(『書言』)

とある。このうち、『書言』は漢籍『杜律注』『晋書』を引いたものである。

さて、沙汰は『大全』に記された通り『徒然草』に、

① されど、この歌も、衆議判の時、よろしきより沙汰ありて　(第十四段)
② 同じくはかのこと沙汰し置きて、しかしかのこと（第五十九段）
③ 赤舌日といふ事、陰陽道には沙汰なきことなり（第九十一段）
④ いまだ庭の乾かざりければいかがせむと沙汰ありけるに　(第一七七段)
⑤ 起請文といふこと法曹には其沙汰なし（第二百五段）
⑥ 盲法師の琵琶、其沙汰にも及ばぬことなり（第二三二段）

の如く、六例があり、①は「判定・批評」、②⑥は「処置・処理」、③⑤は「問題」、④は「相談・評定」の意である。

このことは、『晋書』「魏舒伝」の、

時欲沙汰郎官非才者罷之

のような例にみえる「沙汰」(選抜の上、任命する)の意とはずれのあることが知られよう。つまり日本語の沙汰は、漢籍の淘汰や揀選、といった意味に比して、語義の拡大的転用の傾向が見られる語でもある。

一方、朝鮮語の沙汰は、『倭語』に、

沙汰 サタ又云ヤマシオ（下四十八)

とあり、日朝での沙汰は、明らかに語義を異にしているのである。

前述したように、沙汰は朝鮮語の所聞に訳されているが、所聞という語は、『李朝語』によれば「噂(世評・評判)」の意であり、また『同文類解』(1748年)、『漢清文鑑』(1776年)、『字恤典則』(1783年)などの朝鮮側資料にも同様の例がみえる。

つづいて、所聞は『大漢和』によると、「己のきくところ」とあり、また『大詞典』は「所听到的・所知道的」(聞いて知るところ)と記し、

・夫常人安於故習、学者溺於所聞。(商君書、更法)
・誠見陰陽不調、不敢不通所聞。(漢書、劉向伝)

などの例を挙げる外、『桃花源記』(晋、陶潛)、『嘯亭雑録・孫文定公』(清、昭槤)の例を引き合いに出している。

要するに、所聞という語は、中国語史において古代から近世に至るまで、同じ意味で綿々と用い続けられて来たものであり、やがて十八世紀頃になって朝鮮に伝来し、慣用されたものと思われる。なお、日

本語の所聞は、管見の限り、福沢諭吉(1875)『文明論之概略』に、

其所見所聞に随ひ常に齟齬を生じて事の真面目を断ずるに足らず。

とあり、漢籍の意味と同義である。

要するに、日本語の所聞は、朝鮮語のそれに比して、ほぼ一世紀遅れて伝来するものの日常化には達しなかったものと考えられる。このことは、日本語には夙に「所聞」に取って代る「沙汰」という語が存したことに、その所以があるのであろう。

○丁寧

今日は夥御こしらへで御馳走を御丁寧に被成まするにより(巻十・十四ウ)

(o‘-nar-‘wn盛饌‘w-ro待接‘wr款曲hi ha-‘yə kyə-si-ki-‘wi)

「丁寧」は朝鮮語「款曲hi」(親切に)に訳されているが、『日葡』によると、「非常に手厚い取扱いと厚情」の意であり、副詞としては「懇切に、あるいは心をこめて非常に丁重に」とある。また『合類』『書言』にも、

叮嚀 又丁寧同嘱詞也。(『合類』)

丁寧 謂再三告示。周伯温云俗作叮嚀非也。同叮嚀。(『書言』)

とあるが、『書言』は『漢書注』を引く。

一方、丁寧は『李朝語』によれば、「叮嚀ha-ta」(確かな・頼む態度が極めて懇ろである)とある。また『老松堂日本行録』[13]に、

比島倭奴頻有菜色飢饉丁寧也。

とあり、丁寧について、村井章介氏[14]は「叮嚀。確実なこと」の意と注する。このことは、やはり本書に、

去比御誂被成ました錦賞賜緞は来月中には極て遣そふと(巻七・九ウ)
(ci-nan-cək- ‘wi求ha-sin壮緞賞賜緞 ‘wn来月ro丁寧得送har-cur-ro)

とあり、「極めて」に朝鮮語の丁寧を対応せしめた点からも、その語義を推し量りうるし、ハングルの創製以前から、大体「必ず・きっと・確かな」という意味で用いられたと思う。

ところで、丁寧は「書昭注」「顔師古注」に、それぞれ

丁寧 謂鉦也、軍行鳴之、与鼓相応。
丁寧 謂再三告示也。

とあり、『大詞典』には、①言語懇切貌(甚だ懇ろなこと)、②音訊・消

13) 朝鮮の官人、宋希璟が1420年に日本回礼使として漢陽(ソウル)から京都までを往復した際の見聞や感慨を、詩およびその序に託した紀行詩文集である。
14) 宋希璟著・村井章介校注(1987)『老松堂日本行録ー朝鮮使節の見た中世日本ー』岩波文庫, p.44

息の意として、それぞれ

① 見我形顦顇、勧薬語丁寧。(唐、張籍、臥疾)
② 仙梯難攀俗緑重、浪憑青鳥通丁寧。(唐、韓愈、華山女)

などの例を挙げる。要するに、丁寧という語は、一般に漢籍の意味に従ったものと言い得るが、朝鮮語の丁寧は、転義によって日本語のそれとの間にずれが生じたと思う。

○半行
半分は真字を書て被下まし、半分は半行で書て被下ませひ(巻九・三)
(ta-ra-nan真書rarssa-cu-sikota-ra-nan半行'w-rossa-cu-ap-syo-sya)deha

「半行」は朝鮮語の対訳も同じく「半行」と示されている。半行は節用集をはじめ、今回調査した日本の文献からその用例を見出し得ないが、例えば『韓国漢字語辞典』(以下『韓漢』と略称する)15)に、

半行:山川,城隍(村の守護神が宿っているという木),祖先の神に祭祀を行い、 御多幸をお祈りすること。
越礼犯分, 山川, 城隍, 人皆得以祭之……或称祈恩, 或称半行, 諂涜鬼神, 無所不為, 至使其祖考之神, 見食於巫家, 神其有知, 其肯享之乎《朝鮮世宗実録34,8(1426)年11月丙申》(和訳・下線は筆者による)

15) 檀国大学校附設東洋学研究所編(1992)『韓国漢字語辞典』(巻一)、p.683

とあり、半行という語は、15世紀頃の朝鮮語では「祈恩」と同じく「巫女の御祈りの儀式」の意で用いられたことが知られよう。また『倭語』と『東韓』には、

半行　クツシ(上三十八)（『倭語』）
半行　本朝俗称半草書為半行（『東韓』）

とあり、楷書をやや崩した「行書体」の意であることが分かろう。

こうなると、朝鮮語の半行は、15世紀頃には「シャマンの一種」の意として、また18世紀頃には「半行書」という語を縮めた形として用いられたことが知られよう。

しかし『韓漢』での半行は、その漢字の字義とは全く関係のない意味であるのに対して、『倭語』『東韓』のそれは、その字義を十分生かした造語と思われる。こうした点で言えば、「巫女の御祈りの儀式」という意が、「崩し」という意に比して、朝鮮語特有の意により近いものと考えられる。

半行は『佩文韻府』にも未収の語であるが、『駢字類編』にはその項目があり、陸游の詩「夜行宿湖頭寺」の、

清霜十里伴微月、断雁半行穿乱雲。

を引く。しかし、ここにいう半行とは、勢いよく空を飛び行く雁の「片方の群れ」の意と解され、語義において本書と「夜行宿湖頭寺」の用例とは異なるのである。

つまり、日本語の半行は、語形・語義・用法といった凡ての面で朝

鮮語から借用したものと思われる。かような語例の如く、漢籍に同様の語が存するとはいうものの、それとは全く別の語義を有する場合、さような語例に関しては、その出自を改める必要があろう。

ここからは、対訳の朝鮮文にみられる漢語を取り挙げ、日本語本文と対照しつつ、それらの語義について検討する。

そこで、ここでは考察の便宜上、朝鮮語の対訳を日本文の前に示すことにする。

○矍鑠

nai父親 'wn par syə別世ha- 'yə kyəi- 'o-si-toi 老大nim kyəi-o-syə-nan
cyə-ri矍鑠ha- 'yə poi- 'ap-si-ni 一喜一悲 'ap-to-soi(巻三・二十七)
(私の親共は疾無成られまして御座れども其元様には其様に御実正に御見へ被成まして一度は喜、一度は悲ふ存知まする)

「矍鑠」は日本語「実正」に対応せしめたものである。まず、矍鑠という語は、節用集をはじめ日本の文献になかなか見出し得ないが、『管家文章』巻二の「臨別送鞍具総卅春別駕」に、

顧眄将聞矍鑠翁。(顧眄して将に矍鑠たる翁に聞かむ)

とある。矍鑠は『大漢和』によると、「①勇健のさま。壮健のさま。②ふるへるさま」とあり、①の例として『後漢書』「馬援伝」の、

援拠鞍顧眄、以示可用、帝笑曰、矍鑠哉是翁也。

を引く。『管家文章』の例は、①の意に同義と思われる。しかし、『徂徠集』の巻四に、

> 旧僚一漚老人。為其妻姉乞寿詩道年八十矍鑠為阿監某藩邸。

とあるが、これに関して、山本北山氏[16]は『作詩志彀』の「附録」において、

> 「矍鑠」ハ婦人ニ宜キ字面ニ非ズ。(中略)注家ニ「老壮皃」ト云トイヘドモ、男女ヲ択ズ、都テ老健ナル者ヲ矍鑠ト云ベケンヤ。「為阿監某藩邸」コレ別ノ倭習ナリ。(中略)「年八十耳目総明起居不衰為某後庭阿監」ト書ベシ。

と、徂徠の詩文を批判する。また、小島憲之氏も「和習の問題」[17]において、

> 老いてますます壮健な状態を意味する、誰もが知る「矍鑠」という語は、男性に関していう。しかも徂徠は、局住いの八十の老女に対して、「年八十矍鑠」と記する。

と、やはり指摘しておられる。朝鮮語の矍鑠は、本書の例にみる如く、「老丈」(男性の年長者)に関して漢語本来の意義として用いられ、和習的表現の矍鑠とは違うのである。

一方、日本文中の「実正」という語は、『日葡』によると「まこと・ま

16) 日本古典文学大系(1965)『近世文学論集』岩波書店, p.336
17) 小島憲之、前掲書、p.40

さしい」の意であり、このままでは矍鑠と対応し難くなる。

そこで「実正」と同じ字音語「実性」の意を、中村幸彦ほか編(1982)『角川古語大辞典』(以下『古語』と略称する)や、角川書店(1986)『朝鮮語大辞典』(以下『朝鮮語』と略称する)に徴してみる。

・血気・性欲・食欲などが旺盛で精悍なこと。また、そのような様子。(古語)
・実際の性格。本性。(朝鮮語)

上の意味記述から、朝鮮語の矍鑠は、『古語』での実性の意にもっとも近いことが知られよう。すると、日本文の実正は、実性の誤りである可能性が一段と高くなろう。

もし朝鮮語の実性に、矍鑠の意味が含まれているなら、わざわざ矍鑠という対訳の付く必要があるまいし、実性のままですましても、意味内容の面において一向に差し支えないであろう。

本書と同様の例は、苗代川本(安政六年)・明治刊本(明治十五年)『隣語大方』にもみえるが、そこでは、朝鮮語本文の右傍に片仮名の日本語対訳がなされている。それらに該当すべき箇所のみ示すと、

矍鑠《御ジツシヤウ》 (苗代川本・巻二)
矍鑠《健カニ》 (明治刊本・巻七)

とあり、その語義を確かめることができよう。

要するに、「実性」とすべき所を「実正」にした取違えは、専ら字音が同じであるゆえに生じた誤りというほかないであろう。この点につい

て、いま一つ疑問を覚えるのは、なぜ日本語本文にかような取違えが生じたか、ということである。

このことは、苗代川本と明治刊本にみる如く、朝鮮刊本も元々、日本文に朝鮮語の対訳という体裁でなく、朝鮮文に日本語の対訳を付したもののように思えてならない。もし、そうであるとすれば、それは朝鮮語を日本語に訳する際起った単なる誤訳とも考え得るであろう。

○曲折

‘u-ri-twr- ‘i庸劣han ta-sa-ro kw 曲折 ‘wr 実未可曉ha- ‘o- ‘oa自歎ha- ‘or-spun- ‘a-ni- ‘o-ra(巻七・十六)

(我々不調法者の儀で御座りますれ其分を悟得ませひで歎敷存まするのみならず)

曲折はこの外、本書の巻三・二十四、巻四・二十三にもその例があり、全て日本語「分」と対応する。まず、朝鮮語の曲折は『倭語』に、

曲折《キョクセツ》 ワケアイ(下四十七)

とあり、「物事の詳しい事情・理由・訳」の意であることが分かる。しかし『日葡』には、「Qiocuxet曲がりよがむ」とあり、これと同義の例が『徒然草』(一五四段)、『史記抄』五などにも見られる。

この間、植木を好みて異様に曲折あるを求めて目を喜はしめつるは(徒然草)

水が曲折シテ流ホドに浙ト云ゾ(史記抄)

また三省堂『時代別国語大辞典』室町時代編には『日葡』の意の外、

① 物事の簡単には分かりにくいいりくんだ事情。
② 打消の言い方と応じて、自分の言ったとおりで、それにはずれたところはない、と相手に断言するのに用いる文書語。

とあり、朝鮮語のそれに比して語義の面でバラエティーに富むことが知られよう。

一方、『史記』の「李将軍伝」に、

青欲書報天子軍曲折。

とあり、曲折(委曲の事情の意)は、①に同義と思われる。要するに、日朝両語での曲折は「物事のいりくんだ事情」という意味において、漢籍の語義と一致するようである。

しかし『口葡』の意味記述と、②のそれとを考え合せると、日朝での曲折は、語義・用法の面で、やはりずれがみられる。

○東山
nai-cip東山 'wi kot-c 'i爛漫ha- 'yə時方mak求景har-stai-yəi(巻二・四)
(私の花園に花が咲乱まして唯今丁と見物致す最中に)

朝鮮語の「東山」は「花園」と対応するが、『東韓』に、

東山 本朝苑囿通称東山

とあり、日本語「花園」の意とよく合うと言えよう。しかし「東山」は『日葡』に、

Tozan(東山) Figaxi yama(東山)東の山、あるいは、東の方向にある山。

とあり、朝鮮語の語義とは異なる。東山は節用集にみえず、唯『平家物語』の「潅頂・女院出家」に、

蒼波路遠し、思ひを西海千里の雲に寄せ、白屋苔深くして、涙東山一庭の月に落つ。

とある。この例は「東の山」の意と解され、『日葡』での語釈と一致する。このほか『平家物語』巻六「廻文」、『太平記』巻三十一「南帝八幡御退失」などに「東山」の例がみえるが、これらは全て「東山道の略」の意として用いられている。

ところで、東山は『大詞典』に、

① 朱熹集伝「東山、所征之地也」
② 指隠居或游憩之地。
③ 泛指東面的山。

とある。(意味項目のうち、固有名詞に該当するものは略する)

即ち、漢籍における「東山」は、一般に①遠い所、②ゆったりとくつろぐ場所、③東の方向にある山、といった意に用いられるようである。

一方、日本語の「東山」は、固有名詞の用例を除くと、③の意味と同義であり、朝鮮語のそれは、②の意味から派生して、転義されたものであろうと推察され、日朝での東山は、語義においてずれがみられる。

○両班

'a-cik瓜満 'wn mə- 'o-toi年満han両班 'i- 'o-ra(巻九・五)

(未交代前では御座らねども年掛られた歴々て御座るにより)

両班は日本語「歴々」に対応せしめた語であるが、「歴々」は『倭語』の、

両班《リョウハン》 レキレキ(上十四ウ)

によるものと思われる。両班は『東韓』に、

文武班謂之両班東俗士族通称両班

とあり、いわゆる「特権身分階級の官僚組織」のことである。

一方、日本語の両班は、『文明本節用集』(以下『文明本』と略称する)『大全』『合類』には、次のように記されている。

両班 リヤウバン 僧立位也 (文明本・大全)

両班 リヨウバン 禅家（合類）

その他、日本文献での両班は、『蔗軒目録』(文明16年7月16日)に、

是日本寺交代両班、了庵禾上可為住持

のような用例がみえるが、やはり「禅林における職位」の意として用いられている。ちなみに、織田得能(1954)『仏教大辞典』(大蔵出版社)の「両序」の項に、

両序(職位)又、両班と云ふ。朝廷の制に文武の両班あり、禅林之に擬して住持の下に東西両班を設く。

とあり、両序の同義語として両班を挙げる。両班は『大詞典』に、

古代帝王朝会、官員依文武分成東西両列謂之両班。

とある。要するに、日本語の両班は、身分制度の用語から宗教用語に応用・転義され、専ら禅宗の用語として用いるのに対し、朝鮮語のそれは漢籍の語義と同様に、「文武両班の官僚組織」という意に用いることが分ろう。

5. むすび

これまで、朝鮮刊本『隣語大方』を資料として、漢籍に典拠を有するか、あるいは漢籍に存する同じ語形の二字漢語を中心に、その語義について考察してきた。その際、一応、日本文と朝鮮文にみられる特徴的と思われる漢語(九語)を取り挙げた。挙例を日本語における漢語の語義を中心に、漢籍の語義を参照しつつ、朝鮮語の語義とを対照してみた。

その結果は、次のようである。

第一に、概ね日本語の語義が漢籍のそれと一致する語は、寒心・丁寧・曲折・東山など四例があり、これらの語義と朝鮮語のそれには、なんらかのずれがみられる。

まず、寒心は一見同義のようにみえるが、語義・用法の面に相違がみられる。本書の如く、形容動詞的用法は管見の限り、日本の資料に見出し得ないので、恐らく朝鮮語からの借用語であろう。

次に、丁寧・曲折・東山、といった語は、漢籍の語義を目安に考えると、朝鮮語側の転義によってずれが生じたと思われる。

第二に、漢籍の語義と一致しない語は、下直・沙汰・半行・矍鑠・両班など、その例である。そのうち、沙汰は語義の拡大的な転用、矍鑠は和習的表現、両班は転義によって、それぞれ朝鮮語の語義との間にずれが生じた。特に、下直は語義・用法の面でずれがみられる。

第三に、下直・半行のように、同じ語形の漢語が漢籍に存するとは言え、語義においてそれと全く異なる場合、それらの漢語については、なおその出自を改める必要があろう。

要するに、漢字の優れた造語力によって、下直は日本語の、半行は朝鮮語の、それぞれ独自の固有語と言うべきものが生まれ、安定したのであろう。

第四に、沙汰の対訳語「所聞」にみる如く、漢語においても特定の漢語と同義異形の語が生じた場合、既存の漢語と共に享用するケースもあれば、既に慣用された一方の勢力に圧倒され、他方は弱化するか、滅んでしまうことが知られよう。

なお、本書の成立と当然係ってくるはずの朝鮮文に見出しうる約三十箇所に及ぶ漢字語の表記の誤謬など、本稿で十全に尽し得なかったさまざまな問題は、今後の研究に俟つことにする。

第二章
近世期の語彙交渉
－『隣語大方』を例として－

1. はじめに

『隣語大方』(18世紀末)は、朝鮮の司訳院を通じて開板された日本語学習書である。その上、行書体の漢字仮名交じりの日本文に朝鮮語の対訳が付いているので、それらを互いに突き合わせてみるのは、両言語における語彙交渉の在り方の解明にも有効であろう。

本稿では、日本文に見出しうる漢語、とりわけ二字漢語を中心に、その漢語がいかなる朝鮮語と対応しているかを見極め、漢語語彙の交渉の諸相を考察したい。

ここで、特に二字漢語を取り上げるのは、まず朝鮮刊本『隣語大方』から抽出しうる漢語のうち、二字漢語の占める割合が約80%に達する1)からである。また、池上禎造氏2)が

> 今日では漢字二字の語がすでに安定した形であって、それを切り継ぎするよりも、二字を単位として結合する方向をとっているわ

1) 拙論(1990)「隣語大方」朝鮮刊本に於ける漢語研究ー日韓両文の対照を通してー
2) 池上禎造(1984)『漢語研究の構想』岩波書店、p.98

> けである。そうして、漢字の表意性にあまえて、内容のだいたいわかる長い結合へと向かっているのが現状である。

と述べておられるように、漢字二字を結合した形が最も安定しているからである。

2.『隣語大方』の語彙

『隣語大方』における語彙の問題については、かつて安田章氏の論が存する。[3]それによると朝鮮語からの借用語のうち、とりわけ漢語の問題にも触れ、

> 第六節で、朝鮮刊本の成立事情を推定した。もし、それが誤りでないならば、原『隣語大方』即ち朝鮮語学習書の日本文に、朝鮮出来の漢語が散在したであろうことは容易に想像できる。[4]

と述べておられる。さらに、同氏は、

> 優数(七10)　退年(七14)　胥経(八9ウ)　猝発(九7)　太多(十8)などは、いかなる日本語を期待させるのであろうか。[5]

---

3) 安田章(1963)「隣語大方解題」(京都大学文学部国語学国文学研究室編『隣語大方』所収)pp.34-36『隣語大方』の語彙は、(1)『重刊改修捷解新語』のそれと同じ江戸時代中期の口語であること。(2)対馬方言、九州方言、朝鮮語からの借用語が存すること。(3)貿易関係の言葉を拾うことができること、とある。
4) 安田章、前掲書、p.36
5) 安田章、前掲書、p.36

と指摘され、このように日本文に溶け込めない異質性を持する漢語の例から、成立過程の痕迹を見出しうるとしている。

帰する所、『隣語大方』における日朝両語の語彙交渉の問題を考える際には、その成立事情をも踏まえて考究すべきであろう。

3. 語彙交渉のパタン

日朝両語における語彙交渉のパタン化[6)]として、日本文にみられる有りと有らゆる二字漢語を抽出し、箇々の漢語がいかなる朝鮮語と対応しているかを逐一調べた。

調査結果に則した語彙交渉のパタン化として、次のような記号を用いた。

J ：日本語の二字漢語にあたるもの。

Jps：日本語の四字熟語、六字熟語、語句、文にあたるもの。

A ：日本文の二字漢語と同義・同形のものが朝鮮文にも存する。

B ：日本文の二字漢語と同義であるが、語形の異なるものが朝鮮文に存する場合。

C ：日本文での二字漢語の語形がそれを含めて、二様以上多彩な朝鮮語に対訳される場合。

D ：日本語の四字熟語、六字熟語、語句、文が二字、または四字の朝鮮漢字語に対訳されるもの。

E ：日本文の漢語が朝鮮の漢字語でなく、ハングルに対訳される

6) 松岡洸司(1991)「日葡辞書の語彙の意味変化」(上智大学国文学科紀要、第8号所収) p.84

もの。

X　：日本文の漢語に対応すべき朝鮮語が存しない場合。

こうした記号に従って語彙交渉のパタンと、それぞれのパタンに属する語を例示すると次のようである。

3.1 J-A

このパタンでは、日本の漢語と朝鮮の漢字語[7]が同様のために、朝鮮のそれは省くことにするが、日朝での漢字表記が異なる場合は、日本語の右括弧の中に朝鮮語を示しておく。

安否　医術　衣食　一言　一時　一条　二条　一年　一面　一生　一得
一盃　陰陽　有徳　栄華　飲食　恩沢　疥瘡　海路　家業　癨乱　寡婦
官家　貴国　鬼神　旧館　急難　牛肉　玉石　虚実　漁船　議論　金石
近来　空腹　愚者　君子　軍会　下人　後悔　公私　巧者　後車　後世
公文　膏薬　孝養　国恩　黒糖　催促　手端　売買　今年　才幹　歳月
妻子　才徳　三冬　自過　四時　咫尺　循環　自然　湿気　死病　終日
周施　修補　酒色　出銀　出来　酒礼　春秋　生姜　上客　傷寒　上京
上策　上下　焼酒　成就　小人　小節　乗船　消息　少年　小杯　上品
照臨　書記　食後　職分　信義　真偽　新旧　腎経　人心　親戚　人馬
水土　水道　数日　誠信　世上　泄瀉　絶景　前車　先生　全体　千年
千里　千慮　相違　掃除　聡明　即效　齟齬　大廈　大魚　大船　太平
他郷　他国　他人　遅速　中品　中風　昼夜　長者　天下　点画　天子

7) 朝鮮語の漢字は、ごく一部の例外があるものの、殆んど一字一音主義をとっているので、本稿では「漢字語」という名称を用いることにする。

天地 天罰 天命 道徳 内外 日限 人情 白骨 薄氷 八月 罰杯 万全 百姓 百年 病中 病人 風雨 風景 風勢 副書 腹痛 服薬 父母 文筆 別室 別路 名医 明鑑 命令 盲人 目前 文字 門前 有功 勇夫 欲心 来月 落馬 乱世 利害 良医 両国 旅館 礼節 烈女 連続 老妄 山鶏 老親 飛船 一切 十分 多少 万一 決断 一様 迂闊 各別 寒心 奇特 多幸 微細 病身 便宜 貧賎 不順 不利 分明 乱雑 館守 正官 大名 裁判 監官 僉使 別差 角契 関文 館門 公木 告目 巡営 書契 水営 伝令 問情 料米 館所 茶礼 在数 宴亭 酒量 客懐 黒角 始役 死貨 秋参 秋夕 順成 小富 猝発 待接 退年 童便 土疾 鈍筆 入送 半行 氷程 妄発 優数 大富 応対 弊端 下問 後患 各官 規定 虐政 橋下 狂薬 銀路 下卒 更生 一飽 興亡 銀貨 設門 死刑 湿瘡 瘴気 人命 新館 西館 生業 千間 前洋 大字 前例 天日 当然 徒善 二升 二夫 入京 八尺 病勢 物貨 民力 夜臥 良策 良田 野鶩 元気 灯下 螳螂 辛苦 前後 胡椒 時節 是非 万頃 (万傾) 他館(他官) (295語)

この「J-A]」のパタンにおいて、問題になる点についてふれておく。

3.1.1 表記上誤謬と思われる漢語

表記上誤謬というのは、朝鮮漢字語でのそれを意味するが、ここで取挙げる「手端」などのように、その漢字音が同様のために生じる誤りなのである。

○手端

其元の御年掛けられまして益御壮に御座らしやれまして能御手端の御咄を承まして(八4ウ)

(老当益壮ha ‘o sin ‘ ər kor koa 熟手端 ‘wi mar sam ‘wr twt ca ‘o ni)

日本文の「能御手端」は、朝鮮文では「熟手端」に対訳されているが、それは「熟手段」の誤りのように思われる。何故なら、『朝鮮語大辞典』(以下『朝鮮語』と略称する)[8]によれば、「熟手端」は収録されておらず、「熟手段」(慣れた手段)という語が見えるからである。こうなると、日本文の「能御手端」もやはり「能御手段」の誤りであろう。

なお、朝鮮文における「熟手端」と「熟手段」の取り違えは、朝鮮語の漢字音が同じであるために生じた誤りと思われる。また、苗代川本『隣語大方』(四9ウ)と江戸末期頃作られた『講話』(下17ウ)にも「熟手端」という語例が存するが、こうした例もやはり本書の用例と同じ流れに沿ったものとして解すべきであろう。

○角契

角契方の鉄物斗数の通御出被成まして我々中にはねから出物が御座りませぬ時は(中略)扨亦角契方の鉄物を皆御出し被成ました後には(十28)

(角契鉄物man 准数hi nai ‘yə cu si ko……角契鉄物 ‘i ta na ‘on hu ‘əi)

「角契」という語は、日朝両国の文献に、その語例を見出し得ない

8) 大阪外国語大学朝鮮語研究室編(1986)『朝鮮語大辞典』角川書店

が、『朝鮮語』に「各貢契」[9]という語が存するので、それを手掛かりに「角契」の表記を推考してみよう。

まず「各貢契」は「各契」という形に縮まり、さらに同様の朝鮮の字音語の「角契」に変わってしまったのではないかと思われる。このことは、例えば本書の四22ウ・五15・ハ6ウにおいて、「館守倭」[10]と示すべき箇所を、「館守」のように略記している例からも解しうるであろう。

次に「各契」を「角契」と勘違いしたのは、「財数」「万頃」「他官」と記すべき語を、それぞれ同じ字音語の在数(一16)、万傾(六6ウ)、他館(十15)のように示している例からも察しうるだろう。

このほか、在数や他館、といった語については、かつて詳しく論じたこと[11]があるので、それを参照されたい。

参考までに、朝鮮刊本『隣語大方』の朝鮮文において表記上誤謬と思われる漢字語は、[表]のようである。

この他、朝鮮資料の『倭語類解』や、苗代川本『隣語大方』(表では「苗(隣)」と略記する)、苗代川本『交隣須知』(表では「苗(交)」と略記する)などの用例も示す。

が、とりわけ朝鮮刊本『隣語大方』に見られる漢字語の誤謬を中心に取り上げたために、それに該当するものが存しない場合は、空白のまま残しておいた。

---

9) 「各貢契」という語は、『朝鮮語大辞典』によれば「李朝時代中期以後に宮中及び官庁に用品を調達した各種の頼母子講」の意である。

10) 「館守倭」は「朝鮮時代に釜山浦倭館を管理した日本人」のことである。

11) 拙論、前掲書、p.35

[表] 表記上誤謬と思われる漢字語

巻数	丁付	誤	正	苗(隣)	倭語類解	苗(交)
巻一	5	参詣	参預			
	11	随毀修補	随毀随補			
	16	参詣	参預			
	16	在数	財数			
	20	班駁	斑駁		斑駁	
	20	強領	強項令			強項令
	23	文書丈	文書状			
	28	傾側	傾仄			
	34	実次	実差			
巻二	4	爛熳	爛漫			
	11ウ	詰乱	詰難			
巻三	8ウ	陋麁	陋醜	陋麁		陋麁
	30	倶一	帰一	帰一		
巻四	2ウ	残残	潺潺	残残	潺潺	
	5	濃汁	膿汁	濃汁	膿汁	膿汁
	7	客裡	客裏	客裡		
	14	参詣	参預	参預		
巻六	5	参詣	参預	参預		
	6	万傾	万頃	万頃		
	20	郷瘖	郷音	郷瘖		
巻七	16(2)	格只	役只	役只		
巻八	8ウ	全癈	全廃	全廃		
	12	衣金	衣襟	衣金		
巻九	10	傾側	傾仄			
	12	砒礵	砒霜		砒礵	砒礵
	12	成濃	成膿			
	16	痘疒	痘疫			痘疒
	16	疒神	疫神			
巻十	5ウ	方張	方長		方張	
	10	差道	差度			
	11	柔闊	柔滑			
	15	他館	他官			
	18ウ	盛意	聖意			

(注)「陋醜」という語は、『李朝語辞典』にも「陋醜」とある。

3.1.2 朝鮮語起源の漢語

朝鮮語起源と思われる漢語は、概ね「館守」「僉使」のような古制に関するものや「財数」のような日常語、そして「秋夕」のような節句(朝鮮語では「名節」という)関係の言葉が中心になっている。

それらを例示すると、次のようである。

館守 監官 僉使 別差 関文 告目 書契 水営 問情 料米 角契

財数 始役 秋夕 猝発 半行 優数 弊端 他官 公木 館所 巡営

3.1.3 意味不明の漢語

本書の日本文には「設問」のように、その意味が定かでない語が見られるので、それについて触れておきたい。

○設門

其日風替まして館まで参届ませないで設門《サイモン》にあげ置まして漸今日入れて参じましたれども(七1)

(kw nar 風勢不一ha ‘yə 館所 ‘wi mit ci mot ha ‘oa 設門 ‘wi 下陸ha ‘yə tu ‘ap ko kyə ‘yo ‘o nar ‘i ya tw ryə nan ‘oat sap kə ni ‘oa)

「設門」は挙例にみる如く、本書の欄外上部に「サイモン」という読みを片仮名で示しているが、安田章氏[12)]が指摘されたように、いかなる基準でそれがなされたか不明のようである。

それで、苗代川本と明治刊本を取り挙げ、本書の用例に類する箇所を示して「設門」の意味について考えてみよう。

---

12) 安田章、前掲書、p.6

・ソノ日ハ風勢が定マラズシテクワンニトヽキマセイテ設門に上ケテヲキナシテ漸ク今日コソ入レテキマシタレドモ(苗代川本、四1)
・ソノ日ハ風勢がサダマラズシテ館所ニキトドキエズ坂ノ下ニアゲテオイテヤウヤク今日コソ入レテキマシタレドモ(明治刊本)

苗代川本の「設門」は、朝鮮刊本と同じく対訳の朝鮮語は「設門」である。しかし、朝鮮刊本と苗代川本の「設門」に当たる明治刊本のそれは「坂ノ下」と示されており、対訳の朝鮮語は「草梁」である。こうなると、「坂の下」の示す実の地名は「草梁」であり、その周辺を「設門」と称していたのではなかろうか。

本書の筆者は「設門」に「サイモン」という読みを付しているが、これとは別に「門を設ける」という解釈も可能であろう。縦令風勢が強くて誂えの品物を積んだ船が倭館まで達し得ない場合、一時的に船から荷を「設門」に揚げておき、天候が定まってから倭館に届くようにするということであったかもしれない。悪天候の時、物品を一時保管するために、船の出入りできる門を設けてある場所がまさに「草梁」であったと思われる。

3.2 J-B

このパタンにおいて、二字漢語は挙例にみるごとく、大体朝鮮の二字漢字語に対訳されるという傾向を見せていることが知られよう。取り敢えず、Jを日本漢語、Bを朝鮮漢字語とし、それぞれに該当する漢語、あるいは漢字語を例示すると、次のようである。

挨拶(人事) 悪口(論駁) 意見(警戒) 医者(医員) 音信(声息)
運上(納税) 運送(輸運) 絵師(畫員) 海邊(沿邊) 介抱(斗護)
元日(正朝) 看病(侍薬) 眼病(眼疾) 帰参(出場) 規模(生光)
響応(待接) 梟首(梟示) 居住(留宿) 去年(上年) 許容(許諾)
気力(筋力) 記録(謄録) 銀子(銀貨) 公役(役事) 苦労(受苦)
稽古(工夫) 芸才(才調) 軽少(些少) 怪我(落傷) 家頼(下人)
賢察(詳察) 見物(求景) 公儀(官家) 厚志(厚誼) 剛弱(強弱)
恩賞(恩沢) 穀物(穀食) 極暑(蒸炎) 辞儀(辞譲) 師匠(訓長)
執行(施行) 祝儀(歳饌) 思慮(生覚) 信用(信聴) 推察(斟酌)
通達(通報) 道中(路中) 発足(発程) 胡麻(荏子) 懇望(懇請)
婚礼(婚姻) 彩色(淡彩) 洒掃(灑掃) 才智(才調) 沙汰(所聞)
残暑(老炎) 地頭(官員) 時分(臨時) 自慢(自称) 邪気(妖邪)
出勤(行公) 暑気(暑症) 食事(飲食) 所作(所意) 書状(片紙)
所在(所懐) 真字(真書) 真実(真情) 膳部(排床) 先例(前例)
損失(洛本) 大将(将帥) 嫡子(承嫡) 朝廷(廟堂) 亭主(主人)
天気(雨勢) 同官(同任) 同道(内行) 当年(今年) 同年(同甲)
同役(同官) 得意(丹骨) 内証(私事) 入用(所用) 年始(歳時)
年内(年事) 農作(農事) 能書(一筆) 配所(謫所) 拝領(帖子)
白髪(白首) 板行(開刊) 半分(折半) 飛脚(步行) 病後(病余)
武官(武臣) 不時(忽然) 不断(毎様) 無礼(失礼) 別段(特別)
返済(還補) 辯才(口辯) 返事(黒白) 辨舌(口辯) 忘却(忘霊)
疱瘡(痘疫) 方々(各処) 本妻(嫡室) 本書(本冊) 明日(来日) 養生(調摂) 用心(看守) 利益(興利) 料理(飲食) 旅宿(客中) 霖雨(長霾) 礼儀(人事) 歴々(両班) 老衰(衰白) 役人(員役) 内々(私事) 一々(枚挙) 堪忍(強忍) 辞宜(辞譲) 貧乏(疲弊) 腹立

(憤然) 富貴(富者) 悪心(虚無) 胡散(殊常) 過分(過度) 急速(斯速) 虚弱(弱骨) 結構(意外) 実正(矍鑠) 難儀(苟且) 発明(英敏) 廉直(至公) 散々(惨酷) 慈悲(仁慈) 自由(任意) 折々(縷縷) 珍重(多幸) 不意(念外) 不快(未安) 不功(生疎) 不審(殊常) 不足(未備) 不埒(狼狽) 無下(無状) 明白(分明) 利口(才幹) 封進(進上) 府使(使道) 約条(約束) 館内(館中) 肝弊(奸弊) 色念(春心) 両度(両等) 斤量(斤両) 入館(就館) 懇気(精神) 祝詞(問安) 巡察(巡査) 新役(新官) 素状(空簡) 数条(許多) 総司(総執) 帳面(文書) 百笑(多笑) 百束(百同) 漂著(漂泊) 行作(所行) 名代(代行) 食傷(損腸) 下行(乾物) 約束(期約) 公用(行幹) 双方(彼此) 用意(辯備) 暫時(暫間) 至極(極尽) 腫物(腫患) 肝要(緊切) 悪事(凶) 書物(冊) 下直(賎) 用事(所幹事) 産後(解産後) 自便(自己便) 弐年(一周年) 按摩(導引法) 三里(三十里) 案内(案内馳通) 歳暮(歳末晦日) 旧好(新旧之情) 本役(実差所任) 書通(以書相通) (197語)

3.2.1 対訳朝鮮漢字語の構造的特徴

「J-B」のパタンにおいて、二字の日本漢語が朝鮮語に対訳される場合は、大抵四つの対訳形式から成るが、例示すると次のようである。

(1) J → B(一字漢字語)

悪事(凶) 書物(冊) 下直(賎)

(2) J → B(二字漢字語)

(1)(3)(4)以外の語は、全てこれに属するが、「A(畳語)→B」という形式は、一応特徴的と思われるので、その例を挙げておく。

方々(各処) 歴々(両班) 内々(私事) 一々(枚挙) 散々(惨酷) 折々

(縷縷)

(3) J → B(三字漢字語)

用事(所幹事) 産後(解産後) 自便(自己便) 弐年(一周年) 按摩(導引法) 三里(三十里)

(4) J → B(四字漢字語)

案内(案内馳通) 歳暮(歳末晦日) 旧好(新旧之情) 本役(実差所任) 書通(以書相通)

挙例のうち、まず「案内」と「書通」という語は、それぞれ「案内馳通」「以書相通」に対訳されているが、これらは四字漢字語(朝鮮の漢字語は殆んど一字一音主義をとっているので、いくら長いものでも字音読みが可能である)というより、むしろ漢文そのものと言ってよかろう。

次に「本役」に対して、「実差所任」という朝鮮語対訳が付していることに注目したい。「実差所任」は「実差(朝鮮において各品階の定まった数に入る正式官僚)の任務」の意であるが、それが「本役」だとすると、その役に任ずる対象を具体的に示す例である。すると、「本役」は日本語でなく、朝鮮語というべきであろうが、このことについては、注3)を参照されたい。

3.2.2 朝鮮語起源と思しき漢語

(1) J: 小学館『日本国語大辞典』第二版(以下『日国(二版)』と略称する)に未収の語 → B

Jに当たる語のうち、『日国(二版)』に収録されていないものは、日本語というよりむしろ朝鮮語として認める方がよかろう。Aは日本文から抽出した漢語なので、便宜上日本語として扱っているものの、一部ではあるが、朝鮮の古制などに関するものが含まれている。

朝鮮語起源の漢語というのは、日本や中国の文献にその例を見出し得ないものを表わすが、例えば「館内」「入館」「封進」「府使」「素状」など、その例である。

(2) J → B(朝鮮の固有漢字語)

受苦 訓長 丹骨 片紙 内行 帖子 両班 所聞 求景 多幸

3.2.3 対訳朝鮮漢字語の意味用法的特徴

J(複数の漢語) → B(同じ字面の漢字語)

これは複数の日本漢語が、同じ字面の朝鮮漢字語に対訳されるものであるが、その例として次のような語が挙げられよう。

○挨拶・礼儀 → 人事

・一盃の薄酒を御勧目ましたにより、あまり御丁寧に御挨拶被成まして (一9)
(一杯薄酒rar 勧ha 'ap tə ni nə mo 過度 'i 人事ha 'ap si ni)

・あの者は礼儀を知らいで歴々の見さつしやるゝ所に傍若無人の様子を致しまする(三27)
(cyə sa ram 'wn 人事不測ha 'yə 'ər 'un所視 'wi 傍若無人han 形状 'wr ha ni 厳hi ta sa ri kəi ha 'ap so)

日本文の「挨拶」(一9・五6ウ)と「礼儀」(三27・四7・六2ウ・十26)は、対訳の朝鮮語では同じ「人事」という漢字語に示されている。本来「人事」という語は、「人間に関する事柄・人としてすべき事柄」の意であるが、「意味の近接性」から「挨拶」「礼儀」の意を示すようになったのであろう。

○胡散・不審 → 殊常

日本文の「胡散」(六5)と「不審」(一20ウ・32・三17)は、朝鮮語の「殊常」(怪しいこと・おかしいこと・変であること)に対訳されている。しかし、『日国(二版)』によると、殊常は「普通とは違ってすぐれていること」とあり、『勝鬘経義疏』(611年)と『明衡往来』(11c中か)の用例が記されている。

・是以聖人先現殊常之相、令物生楽 (勝鬘経義疏・歎仏真実功徳章)
・昇八座之科、殊常之恩、弄舞不少 (明衡往来, 下)

まず、日本語の「殊常シュジョウ」は、平安後期頃まで用いられ、それ以後はその例を殆んど見出し得ないのに比して、朝鮮語でのそれは、今日に至るまで日常的に使われているのである。

次に、朝鮮語の殊常が胡散、あるいは不審というマイナスの評価を持するのに対して、日本語のそれは「普通とは異なってすぐれている」というプラスの評価を持つものと思われる。

殊常は諸橋轍次『大漢和辞典』(以下『大漢和』と略称する)にも、「普通と異なる。尋常でない。なみはづれ。非常」とあり、『晋書』(648年)の例を挙げているので、中国語史でいえば中古語に当たるものといえよう。すると、殊常という語は、中国の仏典から上代日本語に伝えられたが、日常化までには及んでいないことが知られよう。

3.2.4 対訳方法の一例

○霖雨・長雨・入梅 → 長霾

朝鮮語対訳の中には、日本漢語の意味に合わせるために造語が行われるが、例えば本書(十13オ)に、

> 海邊で御座るにより霖雨の時分に成ますれば瘴気が強て瘧をふるひまするゆへ養生を専致まする(十13オ)
> (沿邊 'i 'o ra 長霾stai ka toi 'o myən 瘴気ka man ha 瘧疾 'wr 'ət ki suip sa 'o mə 調摂 'wr 着実 'i ha 'ap nai)

とあり、「霖雨」に「長霾」という朝鮮語が対応しているのである。ところが、この「長霾」という語が何となく気になる。何故なら、日本語の「霖雨」に当る朝鮮漢字語は存在せず、ハングルの「jaŋma」だからであろう。このことと関連して、次のような例を引き合いに出して述べてみたい。

① 長雨の時分は黄狗の皮を舗て臥ますれば湿を去て好と申まする(八11オ)
(cyaŋma stai nan 黄狗皮rar skar ko ca myən 去湿ha 'yə cyo ta ha 'ap nai)
② 是は根本好品で御座れども長雨を通しましたにより見掛はちと新物程は御座らねども(八13)
('i kə san 根本好品 'i 'o toi 経霾ha 'yət ki 'wi por syaŋ 'wn cyək 'i hait kət man mot ha 'yə poi 'o toi sir 'wn 'i 'ya nat sa 'o ni)

①の「長雨」に対する対訳の朝鮮語は「cyaŋma」であり、②の「長雨」には「経霾」という漢字語が付されている。しかし、②の場合は、単な

る「長雨」に対する対訳でなく、むしろ「長雨を通しました」という句に対する対訳とみるほうが適正であろう。

さらに、①②の例に対比し得る箇所を、苗代川本と明治刊本から引いて示す。

③ 入梅ノ時分ハ赤狗ノ皮ヲ舗テヤスメバシツヲサツテヨイト申マスル(四12ウ)
④ コレハ本好ヒ品デゴザレドモナガアメヲ経マシタニツキ見掛ハチト新ヒ品ダケニミエマセネドモ(四13)
⑤ 長雨時分ハ赤狗皮ヲシイテネレバ去湿テヨイト云ヒマス(九10)
⑥ 此ノ品ガモトヨイシナデアレドモ入梅ヲ経テミカケハ新物ダケニハミエネドモ(九10ウ)

③～⑥のうち、③④は苗代川本の例であり、⑤⑥は明治刊本のものである。③の「入梅」には①と同じく「cyaŋma」というハングルが対応しているが、④の「ナガアメ」には「経霾」という漢字語が示され、さらに「経霾」の左傍に「kyəŋma」と、その字音と思われるハングルが付されている。

また⑤の「長雨」にも「cyaŋma」という対訳が付されているが、特に「ma」の左傍に「霾」という漢字の注が付いている。⑥の「入梅」は「kyəŋma」に当たる対訳であり、その左傍に「経霾」という漢字が付されている。が、④⑥の「経霾」は、②と同じく「ナガアメヲ経」「入梅ヲ経」という句に対する対訳とみるべきであろう。

よって、日本語の「霖雨」「長雨」「入梅」に当たる朝鮮語は、「cyaŋma」であることを解するが、「長霾」はあくまでその漢字表記にすぎないのであって「霖雨」の語義とは全く無関係のものである。

ところが、いま一つ問題になるのは、「䨪」という字の朝鮮語字音である。というのは、「䨪」の字音は「mai」であり、「ma」ではないからである。すると、どうして「䨪」に「ma」という読みを対応させているのだろう。それは⑤の例からも聊かその事情を察しうるであろうが、そうした背景には「䨪」を「ma」と読むべきという本書筆者の強い意志が働いているかもしれない。

先述したように、「cyaŋma」にはそもそも漢字表記が存しないが、字音・字義の面で類似した「長䨪」という語を造語して当てたのであろう。

3.2.5 表記上誤謬と思われる漢語

〇肝弊

近来は釜山の蔵におひて運送致により其間に肝弊がすくなかりませぬ(十17ウ)

(近来nan 釜倉 ‘wi tu ‘ət ta ka 輸運ha ki ‘wi 其間奸弊ka cyək ci ‘a ni ha ‘yə ‘i ta)

肝弊という語は、日本の文献に未収の語であるが、朝鮮語の対訳は奸弊である。奸弊(よこしまの意)は「姦弊」とも書き換えうるが、日本文の肝弊は、それと同じ字音語の「奸弊」という表記の誤りであろう。

3.3 J-C

このパタンは日本文中の特定の漢語が複数の朝鮮漢字語に対訳されるものであるが、一応これに当て嵌まる例を挙げる。(CにはJと同じ字面の語が含まれている)

越年(歳時/迎新送旧) 快気(快㒹/快差/回春) 帰国(還州/入帰) 向後(此後/ 以後) 許諾(許諾/発諾) 交代(交亀/瓜満) 自分(令監/私行/私事) 心中(私情/情理/中心/情境) 左右(伝喝/奇別/聞計/消息) 相談(議論/相義/論難/確論) 病気(病患/病勢/一疾/病) 了簡(所見/才幹/生覚/権道/意見/顧念/用心/自断) 老人(老人/老爺) 最初(当初/初頭) 事体(事体/事情) 修理(修理/修補) 酒肴(酒希/酒饌) 数年(懐抱/累年) 人参(人蔘/蔘貨) 人夫(軍士/役軍) 万事(万事/凡事) 大抵(大抵/大網) 段々(漸々/次々/畳々) 必定(一定/必然) 委細(極尽/子細) 奇妙(敏捷/奇特/妙) 綺麗(精潔/鮮明) 丁寧(過度/款曲) 早速(即時/猝然) 残念(痛憤/憫悯) 無事(無事/無弊) 迷惑(憫悯/寃痛/切迫) 順路(順便/循便/周便) 快方(快差/差度) 変通(変通/周便) 商売(買売/興成) 随分(極尽/極力) 以前(以前/曽前) 往来(往来/去来) 様子(様/人物/神色/辞色/機微/形状) 酔狂(酒醒/酒情/酔情) 余計(優数/数多) 啓聞(状啓/状聞) 馳走(支応/待接) (44語)

このパタンにおいても、Jは全て二字漢語であるが、Cにあたるものは二字漢字語だけでなく、一字漢字語や四字漢字語も見られる。しかし、三字漢字語は全く見当たらない。

Jに対応するCの対訳形式は、大体二通りのものが多く見られるが、たとえば、

J(左右) → C(伝喝/奇別/聞計/消息)

J(相談) → C(議論/相義/論難/確論)

J(様子) → C(様/人物/神色/辞色/機微/形状)

J(了簡) → C(所見/才幹/生覚/権道/意見/顧念/用心/自断)

のような例は、本書に対する対訳の姿勢を推察できるという点で注目すべきであろう。何故なら、ある特定の日本語(和文という言い方がもっと適切なのかもしれない)に対して、それを朝鮮語に対訳する場合、その場面とか状況をきめ細かく分けて対応しているからである。

対訳の中には、朝鮮の古制(官職・特殊用語)に関する語が見られるが、例えば「交亀 瓜満 令監 回下 回題 支応 状啓 状聞」など、その例である。また、日本文には「啓聞」のような朝鮮出来の漢語が見られるのも特徴である。

3.4 Jps-D

日本語の四字熟語、六字熟語、語句、文(Jps)が二字または四字の朝鮮漢字語に対訳されるものであるが、まずその例を挙げる。

鼓弓摺(嵇笛) 故郷を思ふ(思郷之心/思郷之情) 御造作を省ます(除弊) 死でも不足罪人(死有余罪) 雑用物入(需要雑費) 算用帳面(籌計冊子) 一度は喜一度は悲(一喜一悲) 事故無(無事) 爰元の事情(邊情) 入魂の間(別交之間) 上気を降(降気) 所持の方(有処) 節義を守る(守節) 先祖の墓(先墓) 大事は同、小事は同じかりませぬ(大同小異) 親抔に対面いたし(覲親) 当時の儀の分別斗(姑息之計) 否の返答(与否) 幼少より(自少) 事の勢が両方六敷て(事勢両難) 互に和睦(両相和売) 重き役儀(重任) 麁相に饗応により(薄待) 訓導別差(任官) 権式をとる(好権) 久々阻遠の情(久阻之懐) 法式を書違た(失格) 千万辛苦(千辛万苦) 併仰出されの前後(令前令後) 胡椒五花糖類(椒糖) 時節を過ぬ様に

(愆期) 時節を晩まして(晩時) 御約束をかたふ(結約) 御約束のもの(所約之物) 約束に違ひまして(失約) 約束を違ませふ(背約) 約束の違はぬ様に(愆期) 御約束申ました(相約) 公用につき罷下まして(因公不来) 双方絶まして(両絶) 用意致さぬ(未備) 暫時の間(須臾之間) 至極易ふまして(至賎) 至極御廉直になされ(至公) 脚に腫物がてきまして(脚腫) 臀に腫物ができまして(臀腫) 肝要な急の事(緊急) 売買の肝要な筋(買売関緊) 随分精を出して(専力) 随分択しゃれて(極択) 以前に比まして(以前) 以前の如く栄まする(興夏) 空な往来(空往空来) 病気の様子(病色) 腹を立た様子(怒色) 酔狂する人は近づくな(使酒難近) 余計に有とて(有余) 殺おひて啓聞致されても(先斬後啓) 客を馳走つく(待客) 御手厚御馳走(厚待) 如何様の御馳走でも(竜味鳳湯) (61語)

このパタンでの対訳形式は多彩であるが、そのうち、特徴的なものを挙げると、次のようでる。

(1) Jps(語句) → D(四字熟語)

故郷を思ふ(思郷之心/思郷之情) 御約束のもの(所約之物) 売買の肝要な筋(買売関緊) 互に和睦(両相和売) 如何様の御馳走でも(竜味鳳湯) 殺おひて啓聞致されても(先斬後啓) 公用につき罷下まして(因公不来)など

挙例のうち、「如何様の御馳走でも」に対して「竜味鳳湯」という熟語が対応しているが、それは「竜鳳湯」(鯉と鶏肉で作ったスープ)の誤りであろう。また「殺おひて啓聞致されても」が朝鮮の古制の「先斬後啓」

(軍律に反したものをまず処刑した後で王に上奏すること)に訳されているのも特徴的と思われる。

(2) Jps(四字熟語) → D(四字熟語)

○千万辛苦 → 千辛万苦

日本文での「千万辛苦」が朝鮮語の「千辛万苦」に対訳されている。しかし「千辛万苦」は『日国(二版)』に、

・父は孕子の保全、産育のあんおんなるべき事をねがひうれひて、千辛万苦をこころにわすれず(翁問答, 1650, 上・本)
・跡に残って若君を守立つるこなたの大役。死するに増る千辛万苦。(浄瑠璃・神霊矢口渡, 1770)

とあるが、「千万辛苦」という熟語は見当らないのである。「千辛万苦」という熟語は、日朝両語に共通して用いられているのに、わざとその語の字の配列を変えてしまったのだろうか。それには三通りの理由が考えられる。

第一に、本書の成立に関することで、要するに、その日本文の執筆者が日本人でなく、日本語に堪能な朝鮮の知識人(朝鮮の古制など語彙選択の観点からみると一般庶民ではないようである)である可能性が高いことである。

第二に、当時(本書成立頃)、浄瑠璃や仮名草紙などに「粒々辛苦」という四字熟語が見られるので、ひょっとすると執筆者はその語を知っていて、同類義の「粒々辛苦」に倣って造語したのかもしれない。

第三に、日朝知識人による共同執筆である。その可能性として二つ考えられよう。

まず、和文に散在している朝鮮起源の漢語である。和文に散らばってある朝鮮起源の漢語(日常語・古制・官名など)は、幅広い教養の持主であることの証左なのであろう。

次に、完璧な日本語の駆使能力と、しかもそれを草体で記している点が挙げられよう。

(3) Jps(複数の官名) → D(普通名詞)

○訓導別差 → 任官

本書の巻八6に、

> 先頃関文が降ましたにより訓導別差より御聞も被成ましたで御座りませふ(八6)
> (cyə pən 関文 'i na ryə 'oa si mai 任官ne mar sam do tw re kəi si ryə ni 'oa)

とあり、日本文の「訓導別差」[13]は、「任官」という普通名詞に対訳されている。訓導別差は、訓導と別差という複数の官名からなるものであるが、この場合、本来なら朝鮮文にもそのまま訳しても、一向に差し支えないであろう。

(4) Jps(語句) → D(二字熟語)

爰元の事情(邊情) 上気を降(降気) 所持の方(有処) 節義を守る(守節)麁相に饗応により(薄待) 時節を過ぬ様に(愆期) 時節を晩まして(晩時)双方絶まして(両絶) 用意致さぬ(未備) 至極易ふまして(至賤)至極御廉直になされ(至公)など

---

13) 訓導: 李朝時代、典医監・観象監・司訳院・500戸以上郡置従九品官職。
別差: 東莱と草梁の場市に派遣された日本語の通訳。

(5) Jps(文) → D(二字または四字熟語)
脚に腫物ができまして → 脚腫
臀に腫物ができまして → 臀腫
一度は喜一度は悲 → 一喜一悲
大事は同、小事は同じかりませぬ → 大同小異
酔狂する人は近づくな → 使酒難近

3.5 J-E

このパタンは、日本文の漢語が朝鮮の漢字語でなく、ハングルに対訳されるものであるが、まずJにあたる例を挙げると、次のようである。

安心 道士 一事 一日 一番 一夜 一艘 会釈 延引 遠方 官位
時代 口上 招請 渡海 五本 今月 今朝 今度 今日 細字 最前
最中 昨日 邪魔 修飾 酒宴 種々 手跡 出会 諸事 新宅 心底
数月 数献 数杯 先刻 早朝 存念 第一 代銀 大根 貰賃 当所
同心 逗留 風波 普請 分別 別儀 別事 毎日 夜間 容易 余儀
翌日 療治 少々 折角 成長 安堵 同然 不興 面倒 退屈 沢山
長然 無興 無情 無理 初年 数艄 数人 先方 丁度 弐艘 二本
無益 (78語)

このパタンにおいては「道士」という漢語に注目したい。

○道士
私は互に知た道士で御座るにより取持心であふ申ましたれは(十11)

(na nan sə ra ‘a nan sa ‘i ‘ora tor po ryə ha ko)

日本文の｢道士｣に対して、｢sa ‘i｣(間柄、仲の意)という朝鮮語の対訳が付いている。すると、日本語｢道士｣と朝鮮語｢sa ‘i｣との間に、意味においてずれが生じるのである。

それで、なぜこういう問題が起こるのか、ということについて検討を加える。

まず、道士という語について、『時代別』『日葡』『広辞苑』(第五版)(以下『広辞苑』と略称する)『朝鮮語』の例を引き合いにだす。

・だうじ[道士] 道教を修めた人。また、特に、神仙の技を修得し、それを行なう人。方士。(時代別)
・Dŏji ダウジ (道士) Xennin(仙人)に同じ. シナのある宗派に属する人々を呼ぶ名前。(日葡)
・どうし[道士] ①道義を体得した人士。②仏道を修める人。俗人に対し僧の称。③道教を修める人。道人。④方士。仙人。(広辞苑)
・道士(名) ①道義を体得した人士. ② [仏]仏門に入り、仏道を修めた人, 僧. ③道教を修めた人, 道人. (朝鮮語)

次に、現代日本語において、ドウシ(道士)と同音異義語の同士・同志の例を、同じく『時代別』『日葡』『広辞苑』から引く。

・どうし[同志・同士]
①(名) それぞれが、ともに志を同じくすること。また、その人人、仲間。

②(接尾) 体言、または、体言相当格を承けて、ともに同じ仲間・類である意、また、相互にその関係にある意、を表わす。

どし[同士](接尾) 体言、または体言相当格を承けて、ともにその共通項でくくられるものであることを表わす。「どち」。

どち(接尾)「どし」に対応する雅語。(時代別)

・Dôxi ドウシ (同志) Vonaji cocorozaxi. (同じ志)

Doxi ドシ (同士) 仲間, 同類の人. 例, Chijn doxi. (知音同士) 友人, 仲間たち. (日葡)

・どうし[同志] ①志を同じくすること。また、その人。②同じなかま。同士。どうし[同士] ①つれ。なかま。②(名詞に付き、接尾語として)相互にその種類・関係にある意を表わす。(広辞苑)

以上から、次のようなことが知られよう。

第一に、日朝での道士は、ほぼ同義のものとして用いられていることである。

第二に、日本語での道士は、その語義において時代的変化があまり見られないこと。これは朝鮮語の場合も、その事情は同じようである。

第三に、現代日本語では「ドウシ」(道士・同志・同士)を、同じ字音語として扱っているが、中世日本語では母音のオ[o]の長音について、開音と合音を区別していたために、それぞれその字音を異にしたことがわかろう。

第四に、日本語の道士は、意味的に同志・同士とは別語であるが、同志と同士は類議語のようである。

第五に、日本語のドウシ(同志・同士)は、室町時代頃から接尾語としての機能を持ちはじめたようであるが、現代日本語ではそれぞれ漢字表記によって使い分けをしているようである。言ってみれば、同志と同士のうち、同士の方が接尾語の働きを担っているようである。

特に中世日本語では、同士が接尾語としての働きをなす場合は、ドシと読み、ドウシとは区別して使おうとする気配さえ感じられる。

いずれにせよ、日本文の道士は、文脈上その続きが悪いし、意味的にも朝鮮語の「sa ‘i」とは合わないのである。

よって、日本文の道士は、同志、あるいは同士の誤りのようであるが、それは当時のオの長音における開合の乱れによる表記上の誤謬と見て差し支えないだろう。

3.6 J-X

日本文の二字漢語に対応すべき朝鮮語が存しない場合であるが、Jにあたるものを例示すると、次のようである。

気色 現銀 口銭 才覚 次第 不幸 一向 一途 到来 (9語)

挙例のうち、とりわけ「気色」という語を取上げて、それに対応すべき朝鮮語の存しない理由について考えることにする。

○気色

「気色」は本書の巻六12に、

> 昨日は行所毎に酒が御座つて日を終迄酒を給まして今日は気向かふらふら致まするにより向酒を呑て社、気色が直しませふ(六12)
> (‘əi cəi nan 到処有酒ha ‘əi 終日sur rar mək ‘ət tə ni ‘o nar ‘wn kwi ‘un ‘i ‘ə cwr ha mə 解酲酒rar mək ‘w myə

n na ‘wr ka ha ‘ap nwi)

とある。挙例の下線部分(筆者による)にみる如く、「気色」を含めた文が漢字を交ぜないハングルに対訳されているのである。

つまり「気色」の入った日本文の意味を、ハングルで間に合わせているので、その対訳文には漢字語が見えないのであろう。「現銀」以下の語例も、その事情は「気色」とほぼ同様であろう。

4. おわりに

これまで朝鮮刊本『隣語大方』にみられる二字漢語を中心に、日朝両語での語彙交渉の諸相について考察してきたが、まとめると次のようである。

第一に、日朝両語における語彙交渉のパタンをみると、J-A(295語)、J-B(197語)、J-C(44語)、Jps-D(61語)、J-E(78語)、J-X(9語)など、それである。

第二に、表記上誤謬と思われる漢語が存する。特に朝鮮語起源の漢語の場合は、同じ字音によって生じた誤りが多い。

第三に、朝鮮語起源の借用語が多く見られる。その借用語の中には、朝鮮の古制(官名・古制・特殊用語)と一般慣用語も含まれている。

第四に、「設門」のような意味不明の語が存するが、苗代川本と明治刊本などによって、その語義が確かめられた。

第五に、複数の日本漢語が、同じ字面の朝鮮漢字語に対訳される。

第六に、対訳の朝鮮語には、日本漢語の意味に合わせるために、漢字を用いた造語が行われている。

第七に、対訳朝鮮語の中には、朝鮮の固有漢字語が多く見られる。

第八に、日本漢語の一語に対応する対訳の朝鮮語は多彩である。

第九に、複数の官名からなる語が対訳の朝鮮語では普通名詞になっている。

以上、日朝両語での語彙交渉は、多様な有り様を見せているが、特に日本漢語に当て嵌まる朝鮮漢字語が存しない場合は、それに適するようにさまざまな工夫がなされていることが知られよう。

II　漢語研究の実際

第一章
「穿鑿」と「僉議」
－詮索・詮議との比較を通して－

1. はじめに

狂言は同時代のことばを用い、せりふとしぐさによる笑劇であるが、伝承芸能の一般的特性として古態を伝存しているので、口語発達史の貴重な資料として上げられよう。

そこで、本稿では狂言にみられる「穿鑿」「僉議」という漢語を手掛かりにし、こうした語の有り方について考えていきたい。

この二語に対して、岩波の日本古典文学大系(以下「大系本」と略記する)『狂言集』(上)の「末広がり」と、小学館の日本古典文学全集(以下「全集本」と略記する)『狂言集』「末広がり」には、それぞれ

・これはむつかしいお好みではごされども穿鑿致いて求めて参りましょう。(大系本)
・これはむつかしいお好みではこざれども詮索を致いて求めて参りませう。(全集本)

と示されている。また、大蔵虎寛本[1](以下「虎寛本」と略記する)『能狂

1）笹野堅校訂、大蔵虎寛本(1945)『能狂言』(下) 岩波文庫, p.289

言』下「横座」と、大系本『狂言集』下「横座」には、それぞれ

・則乾の方に当たって等閑なう致す人が御座るに依て、今日はあれへ参り、僉議して貰はうと存ずる。(虎寛本)
・すなわち戌亥に当たって心当たりがござるによって、ただいまよりあれへ参り、詮議致いてもらおうと存ずる。(大系本)

とある。

上の用例にみる如く「穿鑿」は「詮索」に、また「僉議」は「詮議」に、それぞれその字面を改めている。

本稿では、「穿鑿」と「僉議」という漢語を取り上げ、

第一に、穿鑿と詮索、僉議と詮議は、それぞれ如何なる意味内容を持っているのか。

第二に、漢語において字面の改変は、語義の変化にどのような影響を及ぼすのか。

第三に、詮索と詮議での意味内容の異同。

第四に、和文での意味内容と、漢籍や朝鮮資料でのそれとの対照、といった問題を中心に考察していきたい。

2.「穿鑿」の考察

ここでは、まず節用集類と、キリシタン資料や洋学資料での「穿鑿」の意味記述と語形を検討し、次に古典文学作品にみられる「穿鑿」と、それと同じ字音語の「詮索」との意味内容を詳察することにする。

2.1 古辞書・キリシタン資料・洋学資料での意味記述及び語形

・穿鑿 センサク 出于荘子混沌穴七日穿義也（文明本節用集）
・穿鑿 センジャク（明応五年本節用集）
・穿鑿 センザク（黒本本・饅頭屋本）
・穿鑿 センサク 物ヲ極ル義也（伊京集）
・穿鑿 センサク（天正本・易林本）
・穿鑿 センサク（合類節用集・節用集大全）
・穿鑿 センサク 出「荘子礼楽志」(書言字考節用集)
・穿鑿〔俗語録〕其穿鑿附会之巧「朱子書節要」〔諺草、東坡文集〕王荊公之学穿鑿至此（増補『俚言集覧』）
・穿鑿(増補語林『倭訓栞』)『後漢書』三四「徐防伝」同五十「蔡邕伝」『法華経』四など、漢籍と漢訳仏典の用例を上げる。
・穿鑿 センザク（慶長三年耶蘇会版『落葉集』）
・xensacu センサク(穿鑿)ある物事についてなされる取調べと調査、または審問 xenzacu 1、センザクまたはセンサク(穿鑿)Fori Vgatcu (鑿り穿つ)すなわち、Yerabu(択ぶ)十分に調査し吟味すること。(邦訳日葡辞書)(以下『日葡』と略称する)
・xensacu Examen, y pesquisa, o inquisicion que se haze sobre alguna cosavt xensacusuru, hazer este examen & c vide, xenzacu（1630年, マニラ版, 日西辞典）
・examen, aueriguacion, xensacu aueriguacion, xensacu, hazerla, xensacuxi, urulaurar los pies, xensocu（コリャード自筆西日辞書）
・onderzoeken 穿鑿 センサクスル（蘭語訳撰）
・chensacou, センサク, examen et recherche、ou enqu te sur un objet chensacou sourou, センサクスル, faire enquete, etc,

v, chensacou, センサク（日仏辞書）

・inquiry, s 尋問, 吟味, 穿鑿, search, s 穿鑿, 吟味。(英和対訳袖珍辞書)

・SEN-SAKU 穿鑿センサク, n. Examination, inquiry, search, inquisition、-szru, to examine into, to inquire, syn, SAGAZU, SHIRABERU, GIMMI TADASZ（和英語林集成, 初版）(以下『和英』と略称する)

・SEN-SAKU 穿鑿センサクexamination, inquiry, search, inquisition, -szru, to examine into, to inquire syn, SAGAZU, SHIRABERU, GIMMI TADASU（同, 二版）

・SENSAKU 穿鑿 n. examination, inquiry, search, inquisition, -szru, to examine into, to inquire syn, SAGAZU, SHIRABERU, GIMMISURU, TADASU（同, 三版）

このように穿鑿は、様々な文献にその用例がみられるが、節用集類においては、専らその語の典拠が示されていて、詳細な意味記述はあまり見当たらない。これに比して、キリシタン資料や洋学資料の穿鑿は、大抵「ほり穿つ・調べる・吟味する」の意であることが知られよう。

穿鑿の漢字表記は、例外なく凡て穿鑿であり、全集本『狂言集』の「末広かり」にみられる「詮索」という表記は、見出すことができない。要するに、表記において穿鑿は、いわゆる「規範性」を保っていると言えよう。

穿鑿の語形は「センサク」「センザク」「センジャク」など、その例であるが、「サク」(漢音)と「ザク」(呉音)は、字音の相違によるものであり、語形による意味の異同は認めない。明応五年本節用集の「センジャク」

は、直音化される前の開拗音の例であり、ただ一例のみ。

その他、コリャード自筆「西日辞書」に「xensocu」という語形がみえるが、それは「xensacu」の誤りであろう。

2.2 穿鑿と詮索の意味内容

穿鑿と詮索の意味内容を検討するために、まず中世の資料としては、狂言とキリシタン資料を中心に調べ、次に近世の場合は、例えば大系本『浮世草子集』など、アトランダムに作品を選び、その用例を抽出することにした。用例のうち、(1)～(12)は、中世のものであり、(13)～(32)は、近世のものである。

とりわけ狂言は、大系本『狂言集』(上・下)、全集本『狂言集』、大蔵虎明本狂言集[2]（「虎明本」と略記する）と虎寛本などから、その用例を抽出して、その意味内容を分析する。(下線は筆者による)

(1) これはむつかしいお好みではござれども、穿鑿致いて求めて参りましょう。(大系本「末広がり」)
(2) これはむつかしいお好みではござれども、詮索を致いて求めて参りませう。(全集本「末広がり」)
(3) 是はむつかしいお好みで御ざれ共、穿鑿致て求めて参りませう。(虎寛本「すゑひろがり」)
(4) 私の事で御ざれば、方々と穿鑿致いて、淀一番の大鯉を求ました。(虎寛本「すきばうちゃう」)
(5) 私の事で御ざれば、方々と穿鑿致いて、淀一番の大鯉を求めまし

2) 池田広司・北原保雄著(1972)大蔵虎明本『狂言集の研究』本文編上・中・下, 表現社, 参照。

てござる。(大系本「鱸庖丁」)

(6) 太郎冠者といはざる古歌穿鑿を致いてほうど詰まった。(虎寛本「舟船」)

(7) 太郎くはじゃと入らざる古歌穿鑿を致て、ふねと申古歌にほうど詰まった。(大系本「舟船」)

(8) 其道の辻へ罷出て、せんさくをいたし、せめおとさうと存る。(虎明本「ゑさし」)

(9) 此ほど御せんさくなさるゝ猫をころひたると申上たものが有によって、(虎明本「鶏猫」)

(10) 申々、おもてにびわのせんさくが御ざるが、たれで御ざるぞ。(虎明本「伯養」)

(11) 故に、すペリョレスの仰せをもって、この物語をラチンより日本の言葉に和げいろいろの穿鑿の後、板に開かるるなり。(キリシタン版エソポのハブラス)

(12) 然ればこのcollegioにおいて今まで板に開きたる経わこれらの儀について定めをかるる法度の心あてに応じて穿鑿したるごとく、この一部をもより定め給う人々穿鑿をもって板に開きてよからんと定められたるんのなり。(天草版平家物語の翻字)

(13) 「こはなに事ぞ」といへば、「仏の御あとは出家の懐中詮索なし」と申されければ、是非に及ばず。(昨日は今日の物語)

(14) 十六をよびて詮索すれば、裏に母隠居していらるゝに、「隠居の朱三さまにおきゝなされい」と云。(鹿の巻筆)

(15) 糸がきれたといふ。穿鑿すれぱ、芝居より借用したからくりの張抜じゃ。(軽口露がはなし)

(16) 鴬などが来て鳴くの、それはそれは気のはれた穿鑿さ。(聞上手)

(17) 其間にも女郎共に重ね切にや遭ふべきと、正身の密夫より危き穿鑿ぞかし。(好色万金丹)

(18) みなみな肝を潰し、足元から竜の昇るがうな穿鑿。(好色万金丹)

(19)「其果ては紙子一枚になるべし」といへば、それは気味の悪い穿鑿、かまへて其女郎に逢う事は無用ぞや。(好色万金丹)
(20) 此大臣座敷での見事さとは違ふて床でおの有様中々愚なる穿鑿。(傾城禁短気)
(21) わづかに残る道具を沽却し、唐土より伝来の錦袋子を合はせて渡世の便とすれどちょろい穿鑿。(好色万金丹)
(22) 世智賢ふ立廻りて、遊びが次第に小さくなり、末社は疎み、遣漕手は憎みて気の尽きる穿鑿。(傾城禁短気)
(23)「過上は春通ひの頭に付け出してお越せ」と優しく大様成穿鑿。(傾城禁短気)
(24) それに借りに来ればとて、行きて其まま早業さして、跡を当日の大臣へ供ゆるといふは非道成穿鑿。(傾城禁短気)
(25) 得手勝手の義理じゃのじゃばるの。それからは身請穿鑿。(夏祭浪花鑑)
(26) いきせきと戻らしゃる筈じゃに合点がいかぬ。イヤこれ合点のいくいかぬはそっちの穿鑿。(仮名手本忠臣蔵)
(27) ぢん公、あのいちやつきを見やれ。けたひの悪ひせんさくだ。(御存商売物)
(28) 万事気をつけねばならぬ時代とて、揚屋に鼻毛鑷を嗜まず、野郎宿に年穿鑿を用捨し。(傾城禁短気)
(29) 君が発明その説を得たり。これらは偏に穿鑿のみ敵を拉ぐの術にはあらず。(椿説弓張月・残編第五十八回)
(30) 皆以今言視古言、且不識古文体勢。是以穿鑿甚多。(徂徠集・复安澹泊)
(31) 真実の情穿鑿あると、深入するは知れた事なり(傾城禁短気)
(32) ぜんぎ穿鑿せむるものは暫らくも私意にはなるゝみち有り唯おこたらず詮義穿鑿すべし(三冊子・赤双紙)

(1)から(32)までの穿鑿と詮索の意味内容を検討すると、[表1]のようである。

[表1]

意味内容	用例番号	計
さがし求めること。さぐり求めること。	(1) (2) (3) (4) (5) (6) (7) (9) (10)	9
細かく取調べること。綿密に調査すること。十分に調べ考えること。	(8) (11) (12) (13) (14) (15) (17) (28) (31) (32)	10
(気晴しの)さた・洗濯。	(16)	1
事の次第。物事の有様・様子・なりゆき。	(18) (19) (20) (21) (22) (23) (24) (25) (26) (27)	10
無理にこじつけること。やかましく理屈をいうこと。	(29) (30)	2

中世・近世での穿鑿と詮索の意味は、[表1]のように五つに分けられよう。そのうち、「(気晴しの)さた・洗濯」「次第・有様・様子・なりゆき」「しいて付会すること・やかましく理屈を言う」といった意味は、中世には見当たらず、近世になってはじめてそうした意味が生じるのである。

なかでも「事の次第・様子・有様」という意味として用いられる穿鑿は、(19)を除き、すべて穿鑿という体言で文末を結んでいる。

初出と思われる穿鑿は、承和四(837)年3月3日観心寺文書「観心寺緑起実録帳案」(平安遺文一・六一)に、

> 一於社頭東南有一阿伽井、是号独古玉井、和当穿鑿之玉井、秘密加持之霊水也。

とあり、「穴を穿ち掘る」の意と解される。要するに、穿鑿という漢語は、平安初期頃に日本に伝来し、その字義(ウガチホルの意)と同様に用いられはじめ、中世・近世に至っては前述の如く、語義における拡大的転用が生じたものと考えられよう。

一方、漢字表記の点でみると、『春色梅児誉美』に、

- 其義もいろいろ手を尽し品を代て、詮穿センサクいたしめましたが、(四編巻之十)
- 藤兵衛、六郎が見かへらぬ実子のことを心をもちひ詮穿センサクいたすは、同役の好身ばかりでなく、(四編巻之十)
- 今さる嫁の詮穿センサクも、里のしうとの気々さまさま、それよりいつそ子どもの気にいつたら、(四編巻之十一)

とある。上の例にみる如く「詮穿センセン」とすべき箇所を、「詮穿センサク」という仮名を振っている。「センサク」という語形に表意文字の漢字を当てる場合、その語の語義に変化を起こさなければ、「センサク」に当てる漢字は、さほど制限されないことが知られよう。このことは、近世の漢語における一つの特徴であること、周知の所であろう。

これまでの用例にみる如く、穿鑿と同じ字音語の詮索は、節用集類にはその語例を見出し得ない。詮索という表記の漢語は、江戸時代に入ってから徐々に使われはじめるが、その意味は(2)(13)(14)のように、主に「さがし求める・細かく取り調べる」のように用いられている。

帰する所、詮索は多彩な意味を持つ穿鑿に比して、その意味内容は狭いように思われる。つまり、詮索は穿鑿の持つ意味の一部を担って生まれた和製漢語に過ぎないのである。また、穿鑿から詮索への表記

の移行は、意味変化の面から見れば「意味の片寄り」[3]を示す例でもある。大野普氏は[4]、

> 意味の片寄りの原因として言語の荷い手の社会的な特殊な位置が語の意味の片寄りを導く

と指摘されたが、「詮索」のように和製漢語の登場による「意味の片寄り」も起こることが知られよう。

狂言における「センサク」は、虎明本・虎寛本・大系本・全集本などを広く精査すると、ほとんど穿鑿という表記であり、詮索は全集本「末広かり」の一例のみである。「センサク」にあたる漢字表記は、一般に穿鑿であり、詮索という表記は、日常化に達しなかったものと思われる。

以上のことを考え合わせると、全集本「末広かり」にみえる詮索は、その文脈や語義の異同には影響を与えないとは言え、穿鑿という表記に比べて、やや不自然な気がしてならない。つまり、詮索という表記は、専ら全集本の校訂者の主観によるものであろう。

なお、大系本・虎寛本「鱸庖丁」にみられる穿鑿は、虎明本のそれには「才覚」となっている。「才覚」は『日葡』によると、「もの事を工夫する才、賢明さ」の意である。虎明本「鱸庖丁」の「才覚」を虎寛本では、穿鑿という語に改めている。というのは、穿鑿には「才覚」の意味と相通ずる部分が存するからであろう。

---

3) 大野晋(1974)『日本語をさかのぼる』岩波新書, p.40
4) 大野晋, 前掲書, p.26

3.「僉議」の考察

まず、節用集類やキリシタン資料・洋学資料における僉議と詮議の意味記述と語形を調べ、次に古典文学作品に見られる僉議・詮議と、その意味内容を検討することにする。

3.1 古辞書・キリシタン資料・洋学資料での意味記述及び語形

・僉議 センギ 僉皆也大衆評定義也（文明本節用集）
・僉議 センギ（黒本本・饅頭屋本・易林本）
・僉議 センギ 評定義也（伊京集）
・僉議 マチマチ（天正本）
・僉議 センギ 僉皆也、大衆ノ評議也（節用集大全）
・僉議 センギ（合類節用集）
・僉議　センギ［洵瑞］僉、皆也、衆共言之也。［居家必用註］謀之於衆曰議又云、僉議謂咸其定議（書言字考節用集）
・詮議　まちまち［小町、夏祇園会］祇図会や詮議マチマチヒクの山、休甫、愚按、詮議俗道に僉議に作る（増補『俚言集覧』）
・せんぎ、僉議の音衆人の評議也殿上の間に於て有司事の宜を謀るをいふ。銓擬といふ事もあり。（増補語林『倭訓栞』）
・僉議 センギ（慶長三年耶蘇会板『落葉集』）
・xengui　センギ(僉議)Facari, ru(僉り, る)すなわち, Danco(談合)相談（日葡）
・xengui Facari, ru, I, Danco, conslta（1630年、マニラ版、日西辞書）
・chenghi, センギ(Facari, rou, ハカリ, ル, c-a-d, danco, ダン

カウ)consultation（日仏辞書）

- SENGI センギ 僉議 Examining, or inquiring into the truth or facts, -szru, to judge, scrutinize, or inquire into syn, SENSACU（和英, 初版）
- SENGI センギ 僉議 Examining or inquiring into the truth or facts, -szru, tojudge or inquire into, syn, SENSACU, ARATAMERU, GIMMI(同二版)
- SENGI センギ 詮議 Examining or inquiring into the truth or facts, -szru, to judge or inquire into, syn, SENSACU, A RATAME, GIMMI(同三版)

このように僉議は、多様な文献からその語例を見出しうるが、節用集類では大抵「大衆の評議」の意と示されている。また、キリシタン資料における僉議は、「談合・相談」の意のようである。

「センギ」の漢字表記は、『俚言集覧』や『和英』三版(1886年)を除き、すべて僉議である。特に、節用集類においては『俚言集覧』(1797年)に、はじめて詮議という表記がみられるし、「詮議俗道に僉議に作る」とあって、詮議を正しい表記とみている。このことは『和英』初版・二版の僉議を、三版では詮議に改めている点からも、僉議から詮議への改変を察しうるであろう。

『和英』の場合、「センギ」は「Examining, or inquiring into the truth or facts, to judge or inquire into」とあり、初版・二版・三版共に同義とみている。こうした『和英』での「センギ」の語義からみれば、初版・二版の僉議という表記は、間違ったものと思われる。というのは、「センギ」の類義語として「SENSACU・ARATAMERU・GIMMI」を取り上げているし、また僉議には初版・二版・三版にみられるような意味が存しないからである。

3.2 僉議と詮議の意味内容

僉議と詮議の意味内容を検討するために、中世では、狂言やキリシタン資料を中心に調査し、近世は主として大系本『江戸笑話集』『浮世草子集』『近松浄瑠璃集』(上・下)、『浄瑠璃集』(上・下)、『春色梅児誉美』『歌舞伎脚本集』(上・下)などから、その用例を抽出することにした。狂言は、大系本・全集本・虎寛本・虎明本狂言にみられる用例を取り上げ、その意味を分析したい。

近世の調査結果は、一応[表2] [表3]に示すが、「センギ」に当てる漢字表記と文脈の上での意味との間にずれが存すると思われるものは、次に例示しておく。

(1) すなわち戌亥に当たって心当りがござるによって、ただいまよりあれへ参り、詮議致いてもらおうと存ずる。(大系本「横座」)
(2) 則乾の方に当って等閑なう致す人が御座るに依て、今日はあれへ参り、僉議して貰はうと存る。(虎寛本「よこざ」)
(3) さればそのことでござる。私もここかしこと詮議を致しますれども、今に和れませいでほうを迷惑致すことでござる。(全集本「鶏猫」)
(4) 「これは只事ではない」と言うと、法会の儀式も興醒めて各々この事を僉議するのみであった (キリシタン版エソポのハブラス)
(5) かの島を出るに臨うで、島中の悪人ども僉議して言ふは (同上)
(6) 其時両人僉議して後、イソポを起こしければ、寝入らぬ伊曾保が(古活字本伊曾保物語)

(7) 其鳩僉議評定して、鷲のもとに行て申けるは（同上）
(8)「かまひて油断すな」などと申ければ、各僉議評定す（同上）
(9) 有時、鼠老若男女相集り、僉議しけるは「いつもかの猫といふ」（同上）
(10) さうして大衆どもも僉議するに、そのうち平家の祈りをした真海とゆう老僧僉議の場へ進み出でて申すわ(天草版平家物語の翻字)
(11) 時刻を移さうずるために、ながながと僉議したところに（同上）
(12) ただ平家に値遇したことを翻いて、源氏に合力しようずると一味同心に僉議してやがて返礼を送った（同上）
(13) 慶秀が門従に限ってはこよひ六波羅へ押し寄せて討死をしようといへば、またあるものが申したわ、とかく僉議が多うて悪い（同上）
(14) さもなくば此僉議の済までは爰を通さじと関守稠しく申渡す。(好色一代男)
(15) 我々が知らぬ顔の、新しい白人共があらば呼び寄せようとて指紙僉儀して見し内に（傾城禁短気、三巻）
(16) 内に居て路盤悩みて味噌塩の僉議するが増也（傾城禁短気、六巻）
(17) 諸卿僉議有る所へ。大納言兼冬公参内あり（嫗山鋩）
(18) よし何にもせよ推量の僉議無益のいたり（平家女護島）
(19) 其元の屋敷へ毎夜毎晩寄せての僉儀は其意得ませぬ（幼稚子敵討）
(20) 夫故身が屋敷へ呼寄せ僉儀仕るが、人口を憚て（同上）
(21) 御僉儀遂げられたかな。(同上)
(22) そこが僉儀評定と申すもの。先短気を起さっしゃるな。(同上)
(23) 殿のお耳へ、刀の儀が人ましてござらふなら、別城の家老遠藤主税殿も御僉儀ござらふ（同上）
(24) 見せる事成らぬと言やれば僉儀が有。(同上)

(25) 刀の詮儀で水責の腰が折れた。何と致そふ。(同上)

(26) 三種の神器直宿しながら紛失させし不思議の曲者、引出して詮儀せん。(同上)

(27) 三種の神器の其一つ神璽を失ひし小将宗貞、詮儀の日延二百日と、良実が願ひの奏聞、今日につゝまる宝の詮儀はわきにして (名歌徳三舞玉垣)

(28) 帯刀をする旦那衆が大泥棒とは、御詮儀被成御大官でも御存知あるめへ(小袖曾我薊色縫)

[表2]

作品	漢字表記					計
	僉議	詮議	詮義	詮儀	僉儀	
江戸笑話集		9				9
近松浄瑠璃集上・下	3	16	10			29
浮世草子集	3	3				7
浄瑠璃集上・下		8	45			53
春色梅児誉美			3			3
歌舞伎脚本集		83	43	5	6	137
計	6	119	101	5	7	238

[表3]

意味内容	用例番号
大人数の評議・衆議 評定の結果・相談談合	(4) (5) (6) (7) (8) (9) (10) (11) (12) (13) (22)
取調べ・捜索・吟味	(1) (2) (3) (14) (15) (16) (17) (18) (19) (20) (21) (23) (24) (25) (26) (27) (28)

(1)から(28)までの「僉議」「詮議」の意味内容と表記は、[表2][表3]のようである。中世以前の最も古い例では、延暦12(793)年正月6日、

『類聚三代格』五に、

其自外人内叙当位之階、則優昇超次僉議未允

とあるが、僉議はやはり「評議・評定」の意である。

また「センギ」は大系本『平家物語』に31例、『義経記』に16例を見出し得るが、漢字表記は例外なく僉議であり、意味は「多人数の評議」である。すると、僉議は上代から中古までは、意味と表記において変化が見られないと言えよう。

そもそも僉議は「多人数の評議」の意であるが、(6)にみるように、中世に至っては「両人の相談」の場合にも用いられたことが知られよう。また(15)(19)(20)(21)(23)(24)のように、詮議とすべき所を僉議という表記をしているので、意味と表記の二様において、乱れがみられるのである。というのは、(15)(19)(20)(21)(23)(24)の僉議は「取調べ・捜索」の意であって、「多人数の評議」の意でないからである。

近世における「議・儀・義」の混用は、甚だ多いが、とりわけ『歌舞伎脚本集』のそれは目を引くのである。しかし、延べ238例に達する「センギ」の用例のうち、詮議が119例、詮義が101例あり、「取調べ・捜索」の意の「センギ」は、近世では詮議と詮義の両様に、ほぼ落ち着くようである。

佐藤喜代治氏は[5]、

漢語を仮名で書き表す場合、その語の意味を文字を通して知ることができない。特に、漢語は同音異義の語が多いので、意味がわ

5) 佐藤喜代治(1979)『日本の漢語』角川書店, p.367

> からず一中略一同時に漢語も時を経るに従って、意味が変化し、漢字の字義と一致しなくなる。その結果、本来の書き方とは違った表記が生じ、「旧里」を「久離」と書き、「僉議」を「詮議」と書くようになる。この場合、当て字は漢字を表音文字として用いるのであるが、漢字はもともと表意文字であるために、同じ当て字でも、意味の上で関連のある漢字が選ばれる。西鶴の小説には「貧賤」を「貧銭」、「利息」を「利足」と書くような当て字の例が多いが、「利足」という書き方は、銭のことを「足」ということによると考えられる。こうして、意味も書き方も違ってくると、もとの漢語との間に断絶が生じ、語の素性を知ることが困難になる。

と述べておられる。要するに、詮議は僉議の意味変化によって、生じたものと思われる。

さて、(2)の僉議と、(1)の詮議は、虎明本狂言「横座」では、

> さいわい戌亥のかたに、某のとうかんなういたすおかたの御ざる程に、あれへまいって、さいかくをしてもらはうとぞんずる。

とある。大系本の詮議と虎寛本の僉議は、虎明本の「さいかく」(才覚)を改めたものであるが、意味の上から考えると、僉議は詮議の誤りであろう。というのは、「才覚」(工夫して求める・捜索の意)は、ある意味において詮議の類義語の素性を持つという点からも推察できるからである。このことは先述の如く、虎明本の才覚を虎寛本と大系本では、穿鑿に改めていることと同じ流れに沿ったものを示しているのである。

4. 漢籍における「穿鑿」と「僉議」

まず、穿鑿と詮索について調べ、次に僉議と詮議を中心に検討していきたい。

穿鑿の意味内容を把捉するために、『佩文韻府』をはじめ、『駢字類編』『辞源』『漢語大詞典』(以下『大詞典』と略称する)などから広く語例を採集し、必要なものを例示する。

① 穿鑿道路、為君除舎（漢, 焦贛「易林・井之帰妹」）
② 奏請穿鑿、六輔渠、以益漑鄭国傍高卬田（漢書溝志）
③ 児童戯穿鑿、咫尺見律涯（唐, 方乾「路支使小池」詩）
④ 旧民主主義革命進行了近八十年、但始終像一条力量不足的流水繞着巉岩絶壁、却無力穿鑿両過似的（奏牧「長河浪花集, 中国紅場的旗幟」）
⑤ 其欲治者、不知所繇、以意穿鑿（漢書「王吉伝」）
⑥ 棗李流伝容有偽、箋家穿鑿若求奇（宋, 劉克荘「答楊羿」詩）
⑦ 不敢稍加穿鑿至失其真（紅桜夢, 第四）
⑧ 怕只是泛説、本書以為、追痛司馬休之敗、却未免穿鑿（朱自清「陶淵明的深度」）

①～⑧のうち、①～④の穿鑿は「穴をうがち掘る」の意であり、⑤～⑧の穿鑿は、「強いて付会すること・さぐり求めること」の意である。また『大詞典』に、

ⓐ 開鑿(山や岩などを切り開いて、道路や運河を通す)挖掘(掘る)
ⓑ 猶牽強附会(本来、道理・事実にあわないことを無理にこじつけ

て、自説に有利になるように展開すること)

という意味記述があり、漢籍での穿鑿は、一般にⓐⓑの意に用いるとが知られる。こうなると、日本語での穿鑿は、[表1]にみるように、その語義において、漢籍の穿鑿の意に比して、バラエティーに富んでいることが知られよう。

詮索は『佩文韻府』や『駢字類編』にも、その語例が見られないが、『大詞典』に、

〔詮索〕詮釈和探索(ときあかす・さぐり求める)

とある。また、同書に郭沫若[6)]の『中国古代社会研究』第二編第二章第二節の、

在這児我們対于社会形態的歴史的発展階段有略加詮索的必要

という例がみえている。

漢籍の詮索については、

① 日本語の詮索と同義であること。

② 日本の江戸時代より古い時代の中国文献に、その例を見出すことができない点。

③ 郭沫若が22歳(1914年)の時に、日本に留学した閲歴の存する

---

6) 郭沫若(1892年～1978年)は、『中国近現代人名大辞典』(中国国際広播出版社、1989年、北京)に、「四川楽山人。原名開貞、号尚武。1914年赴日本留学、後入九州帝国大学医学ー後略ー」とある。

点。

などが挙げられよう。こうしたことを考え合わせると、漢籍の詮索は、郭沫若が日本から中国へもたらした、いわゆる日本製の漢語であろう。大原信一氏の「中国語にはいった日本語」7)ではその例を登録していないが、『大詞典』のような最新の辞書によってそれが判明される。

僉議についても、穿鑿に用いた資料と同様のものから語例を採集し、次に例示する。

① 内著嘉庸、外敷美政、入副朝端、僉議斯左（南朝, 梁, 沈約「授蕭恵休右僕射詔」）
② 儀曹之選、僉議所帰　(唐,　白居易「中書舎人韋貫之授礼部侍郎制」)
③ 大理卿元行沖素稲纔行、初用之時、実允僉議、当事之後、頗非稲職、請叓以為左散騎常侍（唐, 玄宗開元六年「資治通鑑」）
④ 檜之遂非叓諫、已自可見、而乃建白令台諫、侍臣僉議可否、是蓋畏天下議己、而令台諫、侍臣共分謗耳（宗史, 胡銓伝）
⑤ 先是全斌受詔、毎制置必与諸将僉議、因是雖小事亦各為異同、不能即決（宗, 太祖乾徳三年「続資治通鑑」）

①～⑤のうち、①～③の僉議は、「多人数の意見」の意であり、④⑤の僉議は「相談評議」の意である。また『大詞典』にも、

僉議（1）衆人的意見（多人数の意見）
　　（2）共同商議（共同相談・評議）

7) 大東文化大学東洋研究所(1986)『東洋研究』NO. 78, pp.81～101

とあり、漢籍の僉議は、主として(1)(2)の意であることが知られよう。詮議は漢籍にはその語例が収録されていないが、詮議は『大詞典』に、

詮議 闡明義理(道理をはっきりあらわして明らかにする)

とあり、日本語の詮議とほぼ同義である。また同書には、

凡字以詮義、字猶未職、義安能見

という宋本『顔氏家訓序』の例がみられる。こうした点から推して漢籍の詮議は、詮索の場合とは違い、日本語から入った漢語とは言えないだろう。

5. 朝鮮語における「穿鑿」と「僉議」

朝鮮語の穿鑿と僉議については、いわゆる朝鮮資料を中心に調査したが、その語例を抽出し得なかった。それで、日本語の「センサク」と「センギ」の対訳の朝鮮語を通して、朝鮮語の語義を推察することにする。

苗代川本『顔氏家訓序』に、

- 査覈 sa-haik ha- ‘yə hə-sir- ‘wr ‘ar-ko coi-rwr ta-sa ri ‘ap-soセンキシ虚実ヲシッテツミヲカカシヤレイ。
- 査実 センサク・キンミ (巻三・三十三オ)

とあり、また『倭語類解』には、

査覈 サカク ギンミ（上巻・五十四オ）

という記述が見られる。日本語の「センギ」「センサク」「ギンミ」は、朝鮮語の「査覈」「査実」に対応されている。

明治16年・37年版『交隣須知』には、

・査覈 糺問ナサレテ罪状ヲタダサレマセ。
sa-haik hə- ‘op-si-ko coi-sa ‘- ‘wr ta-sw-ri- ‘op-so-sə（明治16年外務省蔵版）
・糺問ナサレテ罪状ヲ糺サレマセ。
査覈hə- ‘op-si-ko coi-sa ‘- ‘wr ta-sw-ri- ‘op-so-sə（明治16年版宝迫繁勝刪正）
・査実 査実ha-ni mu- ‘cyəs-tən-kə-si ta-twr ‘cyə-na-tə-raしらべたら知られずにあったことがすっかりあらはれた。
・査覈 査覈 ha-si-ko coi-sa ‘- ‘wr ta-sa-ri- ‘op-si- ‘o 取調べて罪を御処分なさいまし。（明治37年版前間恭作校訂）

という用例が見られる。さらに、査覈は『大詞典』では「査核、亦作査覈」とあるので、査核と同義語のように思われる。

査覈と査実は「事実を調査する」という点では同義であるが、査覈の場合は「調べて事実を明らかにする」という意に近いので、その点ではやや語義の異同がみられる。

したがって、苗代川本『交隣須知』において、査覈に対応する「センギ」の漢字表記は、詮議とするのが適正であろう。

要するに、「センギ」「センサク」「ギンミ」に対応させた査覈と査実の意から推して、朝鮮語の穿鑿は、日本語のそれと同義とみてよかろう。

6. むすび

これまで穿鑿と詮索、僉議と詮議という四語を取り上げ、先述の如く、さまざまな点について考察してきたが、それをまとめて示すと次のようである。

もともと穿鑿と僉議は、それぞれ「さがし求めること・十分に調べ考えること・こじつけること」と、「多人数の評議」という、全く異なる意味を持つ漢語である。

ところが、穿鑿が詮索に、僉議が詮議に表記されることによって詮索と詮議は、「取調べ・捜索・吟味」の意の類義語になったのであろう。

それを意味変化の面からみると、

穿鑿 → 詮索 …「意味の片寄り」

僉議 → 詮議 …「意味の薄れ・意味の改変」

のような図式が成り立つだろう。

大系本狂言「末広がり」の穿鑿が、全集本狂言「末広かり」では詮索となっているが、それは「さがし求める」という意において同義であるので、その二語の置き換えは可能であろう。しかし、大系本狂言「横座」の詮議は、虎寛本狂言「横座」では僉議になっているが、文脈上「取調べ」の意であるので、僉議という表記は誤りのように思われる。

節用集類から『和英』に至るまで、「センサク」は穿鑿という表記を貫いているのに対して、「センギ」は『俚言集覧』と『和英』三版に、詮議という表記がみられる。特に『歌舞伎脚本集』では、僉儀・詮議・詮儀・詮義など、多彩な漢字表記が用いられている。

要するに、穿鑿は平安朝頃に、僉議は奈良時代頃に日本にもたらされて、使われはじめたようである。日本語の穿鑿は、漢籍のそれより語義においてバラエティーに富んでいるのに対して、僉議は漢籍のそれとほぼ同義のようである。

漢籍での詮索は、その意味や文に現れる時期や、そして郭沫若という人物の閲歴などからみて、日本語から入ったもののように思われる。

朝鮮語の穿鑿は、その例を抽出し得ないが、日本語のセンサク・センギ・ギンミにあたる対訳の朝鮮語から推して、日本語の穿鑿と同義であることが確かめられた。

第二章
漢語「果然」の意味用法について

1. はじめに

日本語における漢語の研究には、さまざまな取り組み方があるが、漢語の意味用法について、歴史的な考察を行おうとすれば、日本語資料のみならず、いわゆる中国資料・朝鮮資料も十分に活用していく必要があろう。漢語の変遷をめぐって、中国語・朝鮮語との関わりを視野に加えれば、より重層的な語誌を描くことができる。さらにそれは、朝鮮語・日本語それぞれがどのように漢語を受容したのか、という問題にも発展する。

本稿では、以上のような問題意識に基づき、漢語「果然」を例に、その意味用法の変遷について考察を試みる。

2.「果然」の読法及び意味記述

ここでは、中世日本の古辞書類より近代の主な辞書まで、管見の限り、果然という漢語の例を採集し、次に示す。

① 果然 クワゼン (文明本節用集)
② 果然 サレバコソト云心也 (句双紙抄)
③ 果然 クワゼン (広本節用)
④ 果然 ヲホナガザル (合類節用集)
⑤ 果然 ハタシテシカリ (書言字考節用集)
⑥ 果然 トシトテイフハ案ノ如ク思フニチガヌ兼テ云ヒタルニチガハヌ (訳文筌蹄)
⑦ 果然「果然」ト書ケリ、潔白、雪ノ如ク、尾豊ニシテ長シ、夜睡ル時ハ其尾ニシテ面ヲ掩ヒ臥ス、人ニ馴レテ憐ムベシ(倭訓栞、後編)
⑧ 果然 ヲナガザル (雑字類編)
⑨ カゼン 果然 ハタシテ。案ノ如ク。終ニ。カネン果然、尾長猿の漢名。宋国史補、揚卅取一果然数十果然可得。(大言海)

このように、日本の古辞書類や文献に見られる用例を時代順に列挙すると、果然は九例見出し得る。

まず、これら九例によって、果然の読法には「クワゼン」「クハセン」「クワネン」の三種が求められる。ところが、②『句双紙抄』(1656年)の場合、「然」の字音は濁音「ゼン」が期待されるが、清音「セン」となっている。「クワゼン」「クワネン」という両様の読み方は、専ら「然」字の字音、つまり「ゼン」(漢音)「ネン」(呉音)の相違によるものである。

果然は、諸橋轍次『大漢和辞典』(以下『大漢和』と略称する)によると、

① 飽くさま。
② 獸の名。尾ながざる。一に禺といふ。

③ はたして然り。案の如く。果爾。

のように、三通りの意味がみられる。

しかし、前述の如く①～⑨の日本文献を閲見すると、『大漢和』における①の意味は見当たらないのである。しかも『合類節用集』や『倭訓栞』後編においては、字音の相違にも拘らず同様の意味を示していて、『大言海』に至っては字音の異同による意味辨別の如き試みが窺い得るのである。

とりわけ『大言海』において「尾長猿」の意の果然を、「カネン」と呉音読みしたのは、恐らく『倭訓栞』後編の影響より生じたことであろう。

管見によれば『碧巌録』『従容録』など、禅書に用いられる禅語の果然は、全て「はたして・案の定」の意である。

一般に仏典が呉音読みされる点、また例えば「自然」の如き漢語が仏典に用いられる際には、「ジネン」と呉音読みされることを考え合せると、『大言海』における果然の読み方と意義記述は、ただ字音の相違によって語義を分類しただけのように思えてならない。

3. 日本文献における「果然」の意味用法

日本文献において、果然が如何なる意味内容を持つかを把捉するために、中世のキリシタン資料をはじめ、狂言、抄物、日本仏教の典籍、日本漢詩文、漢和混淆文、物語まで幅広く調べて収集した。以下に、その用例を示す。

3.1 抄物

① 孔子謂子路曰不得死然ヲ兼テ云タカ果然此レハ後ニ云タホトニナセニチツトカワラナイテハ也（論語抄、四ノ一四オ）
② 人謂楚人ヲ沐猴ニシテ而冠果然ト云心ハ項羽ハ楚人也、楚人ヲハ人ノ常ニ云 イナラワスルソ（中華若木詩抄、巻之中・十八オ）
③ 果然ト云ハ遥知紫翠間占来仙釈并ト云タカハタシテ碧落洞ノ石門開ケテアル処々アルハソ（四河入海、二ノ四・十四）
④ 居然ハ俄然ノ義ソ三私云居然ハ此ノ心ハ果然ノ義歟（四河入海、一七ノ三・十五）

3.2 仏教典籍(詩偈集)

⑤ 攫金手段機輪転、君子果然多愛財(狂雲集・上248)

3.3 物語

⑥ 勝子を呼び出して相見するに、果然として十分の顔色あり(読本、英草紙・五ノ九)
⑦ 其姿を見るに、果然として縹緻(キリャウ)尋常にあらず(人情本、恩愛二葉草・初三章)

以上の如く、日本文献における果然は、その用例が比較的少なく、特に抄物に用例が存するのに対し、同じ口語資料の狂言やキリシタン資料には、その例が見当たらない。

その他、禅籍の抄物の中に、『向日庵抄物集』[1)]収載の『碧巌録集抄』

に十七例、「松ケ岡文庫所蔵」[2]の『碧巌録抄』に四四例を見出し得る。が、これらは全て中国仏典の『碧巌録』を出自とする果然の語義の注釈である故、詳細な語義の考察は、次の4章に譲ることにしたい。

果然は①～⑦の用例のうち、④を除外すれば「結果が予想していたとおりであること」の意か、または「それはキット」という「必然性」の意を表わしている。

さて、④の果然は、「居然ハ此ノ心ハ果然ノ義歟」とあり、「居然」(意外に・予想外にの意)と同義であることを註する。このことは『禅語辞典』[3]の果然の項に、

> 果して、案の定。しかし必ずしも予期していた通りという意のみに用いられるとは限らず、意外な事態や結果の出現にも、驚きの語気を伴って用いられることがある。その点では「居然」とも同義。

という、意味記述からも察し得るであろう。

要するに、日本語の果然は、「予想の中」の意と「予想の外」という、両様の価値判断を包摂する語であることが知られよう。しかし『大漢和』に示された①②の意として用いられる例は見当たらない。

次に①から⑦までの用例は、すべて形容動詞的用法が中心であり、類義の和語「はたして」の如き副詞的用法は、見出すことができない。

ところが、近代に入ると、例えば徳富盧花や夏目漱石の作品には、

○ 僕は其語の末を聞かずに、さっさと玄関の方に出て行くと果然先

---

1) 寿岳章子底本所蔵(1987)『向日庵抄物集』(清文堂)収載の『碧巌録集抄』参照。
2) 松ケ岡文庫所蔵、禅籍抄物集(1976)『碧巌録抄』岩波書店
3) 入矢義高・古賀英彦編著(1991)『禅語辞典』思文閣、p.45

日の美髯氏が立って居た。(思出の記)
○ 大敵の彼妖魔は果然待伏せして居た。(思出の記)
○ 果然彼は墻壁(シャウヘキ)の欠所に吶喊(トッカン)して来た。(吾輩は猫である)

の如き、「はたして・案の定」の意を持つ副詞的用法が現れるのである。帰する所、日本語の果然は、中世の初め頃には「尾長猿」「はたして」の意として伝来するが、漢籍の如き「腹鼓を打つ」の意に使用される用例は見当らず、専ら「はたして」の意に定着したと思われる。なお、近代作品に見える果然の副詞的用法は、それと類義の和語「はたして」の用法に引きずられるような形で生じたものであろう。

4. 中国文献における「果然」の意味用法

ここでは、漢籍と仏典という二つの文献に着目し、果然について考察していきたい。

4.1 漢籍における「果然」

漢籍での果然の意味内容を把捉するために、『佩文韻府』をはじめ、『駢字類編』『辞源』『漢語大詞典』『漢詩大観』などから広く語例を採集した。調査結果は[表1]のようである。

[韻文]

(1) 捨舟理軽策、果然愜所適（王維「藍田山石門精舎詩」）

(2) 果然田成子、一旦殺斉君（李白「古風」）
(3) 果然又羈縶、不得帰耡耰(韓愈「赴江陵途中。寄贈王二十補闕・李十一拾遺・李二十六員外翰林三学士」)
(4) 飯訖盥漱已、捫腹方果然（白居易「夏日作詩」）
(5) 君心遂忘封疆臣、果然胡冦従燕起（白居易「華原磬○刺楽工非其人也」）
(6) 果然皮勝錦、吉了舌如人（元稹「和楽天送客游嶺南二十韻」）
(7) 果然石門開、中有銀河傾（蘇軾「碧落洞」）
(8) 果然口腹為災怪、夢去呼鷹雪打囲（黄庭堅「謝栄緒割饔見貽二首」）
(9) 身安腹果然、此外吾何求（范成大「次韻温伯雨感懐」）
(10) 何曾識秔稲、捫腹常果然（范成大「労畭耕詩」）

[散文]

(11) 適莽蒼者、三飡而反、腹猶果然（荘子「逍遥遊」）
(12) 然榠㯃飾。漢、鄭玄注、然、果然也（周礼、春官・巾車）
(13) 乃召其堂下而譙之、果然、乃誅之（韓非子「内儲説」）
(14) 孔子曰、無憂、瞿年四十後当有五丈夫子。已而果然（史記「仲尼弟子列伝」）
(15) 黙噴発罵曰、刀筆吏不可以為公卿果然、必湯也（史記「汲黙伝」）
(16) 人捕其一則羣啼而相赴謂之果然以来之可必也俗猓然（爾雅）
(17) 交卅有果然獣其名自呼状状大于猨白質黒文（南卅異物志）
(18) 狖鼯猓然（文選、晋、左太沖・呉都賦）
(19) 徳宗顧列謂宰相曰、第幾人、必王某也、果然（韓愈「唐故江南西道観察使太原王公神道碑銘」）
(20) 果然、獣名（賈公彦疏）
(21) 瞻六歳能蜀文為紫石英賛果然詩為当時才士歎異（南史「謝瞻伝」）
(22) 山海経曰、果然獣似獮猴、以名自呼、色蒼黒、羣行、老子在前、少者在後、得果食輒興老者、以有義焉、交趾諸山有之（太平御覧）
(23) 揚卅取一果、数十果然可得（宋国史補）

(24) 果然、仁獣也。出西南諸山中、居樹上。状状如猨、白面黒頬、多髯而毛采斑斕、尾長于身、其末有岐（本草綱目、獣二・果然）
(25) 釈名、禺、狖、蜼、仙猴、時珍曰、郭璞云、果然自呼其名（本草綱目）
(26) 饑飽之度、不得過分、七分是已、然又豈無饕餮太甚、其腹果然之時、是則失之太飽（李漁「閑情偶寄」頤養・調飲啜）
(27) 予初不信、而試之、果然（李漁「閑情偶寄」種植・杏）
(28) 果然不久、義県解放、錦卅也拿下来（楊朔「秘密列車」）

[表1]

韻文			散文					
時代	文献	用例数	時代	文献	用例数	時代	文献	用例数
唐	王右丞詩集	1	周	荘子	1	唐	賈公彦疏	1
唐	李太白詩集	1	周	周礼	1	唐	南史	1
唐	韓昌黎詩集	1	周	韓非子	1	宋	太平御覧	1
唐	白楽天詩集	2	韓	史記	2	宋	宋国史補	1
唐	元稹詩集	1	韓	爾雅	1	明	本草綱目	2
宋	蘇東波詩集	1	韓	南州異物志	1	清	閑情偶寄	2
宋	黄山谷詩集	1	南北朝	文選	1	清	秘密列車	1
宋	范成大詩集	2	唐	韓昌黎文集	1			
小計		10	小計		9	小計		9

以上、(1)から(28)までの用例を、意味分類すると[表2]のようである。[表2]の如く、果然は概ね四つの意味に分類することができよう。また「尾長猿」の意の果然は、散文の例が韻文のそれをかなり上回っていることが知られよう。このことは、具象的概念語より抽象的概念語の方が韻文に向いていることを示唆するのである。

果然の語義において、問題になるのは「はたして」と、「ついに・とうとう」という意であろう。

まず「はたして」は、肯定文に用いられる場合、予想(予言・予知・予定)した通りの結果となると、「思ったとおり・案の定・やっぱり」の意味である。また事態が危ぶみながら、想定した通りに運ばれる場合にも用いられる。

次に「ついに・とうとう」は、(5)の果然の意と思われる。「君ノ心遂ニ封疆(国境のどて)ノ臣ヲ忘タリ」、その結果、「果然(ついに)胡ノ冠、燕ヨリ起ル」となる。このように「ついに」の意を表わす「果然」が肯定形式を取っているものの、「胡ノ冠、燕ヨリ起ラズ」という否定的概念が潜んでいるかもしれない。さらに『邦訳日葡辞書』には、

Fataxite (果シテ)副詞、最後二。ついに。

とある。以上のことを考え合せると、意味内容において「はたして」は、「ついに・とうとう」に相通ずる所があるように思われる。

[表2]

意　味	用　例　番　号	計
腹鼓を打つこと	(4) (9) (10) (11) (26)	5
尾長猿	(6) (12) (16) (17) (18) (20) (22) (23) (24) (25)	10
はたして	(1) (2) (3) (7) (8) (13) (14) (15) (19) (21) (27) (28)	12
ついに・とうとう	(5)	1

4.2 仏典における「果然」

仏典における果然の用例は、宗門第一の書といわれる『碧巌録』[4)]を

中心に詮索するが、それを含めて果然の例を見出し得る文献は、[表3]のようである。

[碧巖録]

(1) 満面慚惶。果然摸索不著（第一・十・五十六則、本則・著語）
(2) 果然把不住。向道不啣留 （第一・五十六則、本則・著語、第五十六則、評唱）
(3) 果然。大小雪竇向草裏輥（第一則、頌・著語）
(4) 錯。果然。点。（第四則、本則・著語）[3例]
(5) 果然。穿過鼻孔也未為奇特。為什麼卻在草裏坐 （第四則、頌・著語）
(6) 法眼云。監院果然錯会了也。則不噴便起単渡江去（第七則、評唱）
(7) 舌頭落地。将錯就錯。果然。（第八則、本則・著語）
(8) 這僧果然無語（第十則、評唱）
(9) 這老漢果然分疎不下（第十一則、評唱）
(10) 果然。自領出去。放過即不可（第十六則、本則・著語）
(11) 預掻待痒。果然起模畫様。老大大作這去就不可指東作西 （第十八則、本則・著語）
(12) 可惜。果然錯認定盤星（第十八則、本則・著語）
(13) 一盲引衆盲。果然随語生解。随邪逐悪作什麼（第十八則、本則・著語）
(14) 一箇半箇。挙著即錯。果然出不得（第二十則、頌・著語）
(15) 落草漢有什麼用処。果然在什麼処。便打。（第二十二則、頌・著語）
(16) 両重公案。果然。頼有末後句（第二十二則、頌・著語）
(17) 果然納敗闕 （第二十八・四十六・六十六・七十九則、本則・著語）

---

4) 朝比奈源訳注(1937)『碧巌録』上・中・下(岩波文庫)参照。

(18) 果然漏逗不少（第二十八則、本則・著語）
(19) 那裏得這消息来。果然恁麼。便打（第二十八則、頌・著語）
(20) 没量大人語脈裏転卻。果然錯認（第二十九則、本則・著語）
(21) 果然被他籠罩。争奈自己何（第三十一則、本則・著語）
(22) 果然。頼有転身処。已瞎了也。便打。(第三十一則、頌・著語)
(23) 尽是野狐精。果然漏逗（第三十五則、本則・著語）
(24) 穴云。這箇是什麼。清云。果然不識（第三十八則、評唱）
(25) 中也。相随来也。果然上鈎来（第四十二・五十二則、本則・著語）
(26) 著。果然勾賊破家（第四十二則、本則・著語）
(27) 果然。雪上加霜。喫棒了呈款（第四十二則、本則・著語）
(28) 果然七縦八横。拽卻漫天網（第四十五則、本則・著語）
(29) 果然不知。山僧従来不是作者（第四十六則、頌・著語）
(30) 事生也。果然（第四十八則、本則・著語）
(31) 果然禍事（第四十八則、本則・著語）
(32) 果然中也他箭了也。不妨奇特（第四十八則、本則・著語）
(33) 果然只具一隻眼。道得一半。一手擡一手搦（第四十八則、本則・著語）
(34) 這僧果然上鈎。随後便問。如何是石橋（第五十二則、評唱）
(35) 果然可煞実頭。当時如与本分草料（第五十四則、本則・著語）
(36) 蹉過了也。果然錯会（第五十五則、本則・著語）
(37) 果然。卻較些子。果然没溺深坑（第五十五則、頌・著語）
(38) 果然。擬待翻款那。第二棒打人不痛　（第五十六則、本則・著語）
(39) 果然随他転了也。捞著這老漢（第五十七則、本則・著語）
(40) 也有恁麼底。果然不料力。可煞不自量（第五十七則、頌・著語）
(41) 在這裏。果然不動一糸毫（第六十五則、頌・著語）
(42) 果然一箇小賊（第六十六則、本則・著語）

(43) 看他作略。果然別（第七十三則、評唱）

(44) 果然撞著箇露柱。卻被旁人穿卻鼻孔（第七十六則、本則・著語）

(45) 果然走不得。這僧若是作家向他道。与和尚眼一般（第七十六則、本則・著語）

(46) 果然是箇瞌睡漢。論劫不論禅（第七十八則、頌・著語）

(47) 果然一鈎便上（第七十九則、評唱）

(48) 果然是箇無孔鉄鎚。可惜許（第九十一則、本則・著語）

(49) 錯認定盤星。果然不知落処（第九十八則、本則・著語）

(50) 果然坐断要津。千箇万箇中難得一箇半箇（第九十九、頌・著語）

(51) 看。果然這箇不是（第一百則、頌・著語）

[祖堂集]

(52) 果然不見。(十長慶慧稜章)

[圜悟録]

(53) 師曰、崇寧只向他道果然果然。

[従容録]

(54) 果然有下落。

[楊岐方会語録] [虚堂録](一)

(55) 向道莫行山下路、果然猿叫断腸声。

[表3]

<table>
<tr><th>文　献</th><th>用例数</th><th>文　献</th><th>用例数</th></tr>
<tr><td rowspan="6">碧巌録(980-1135年)
○垂示（0）
○本則・著語（39）
○評唱（8）
○頌・著語（15）</td><td rowspan="6">62</td><td>祖堂集(952年)</td><td>1</td></tr>
<tr><td>圜悟録(1133年)</td><td>2</td></tr>
<tr><td>従容録(1223年)</td><td>1</td></tr>
<tr><td>無門関(1228年)</td><td>0</td></tr>
<tr><td>楊岐方曾語録(1238年)</td><td>1</td></tr>
<tr><td>虚堂録(1269年)</td><td>1</td></tr>
<tr><td>臨済録(867年)</td><td>0</td><td></td><td></td></tr>
</table>

(注)『碧巌録』は雪竇重顕が撰んだ機縁百則及び頌と、圜悟克勤が各則に附した垂示・著語及び評唱の五部から成る為、個々の部にその用例数を示した。また、用例数は重複の例を含めた数である。

以上の用例に基づいて、果然の意味内容を検討するが、その語について加藤咄堂氏5)は、

『本草綱目』の獣の部に、獣を一頭捕へると、他の群獣が啼いてついて来る。たとへ殺されても去らずにやって来る、それを果然というのだといふ意味の解釈がありまして、必然、決定の状態を言ふ言葉ですが、実際の場合に即していふのに、事後に「ソレ見ろ」と決定的に云ふ状態と、事前に「それはキット」と予想的に其して言はれる状態とがあるわけである。

と述べておられる。

まず(1)から(55)までの用例を分析すると、果然の意味内容は、[表4]のようである。

[表4]

意味内容	用例番号	小計
それ見たことか	(1) (3) (6) (14) (17) (20) (21) (24) (25) (26) (27) (31) (34) (36) (38) (39) (47) (51) (55)	19
それはキット	(2) (13) (15) (16) (18) (23) (29) (32) (42) (46)	10
果せる哉程の意	(11) (12) (30) (33) (41) (43) (44) (45) (48) (52) (53) (54)	12
まことに	(4) (8) (9) (19) (28) (40) (50)	7
やっぱり	(5) (7) (10) (22) (35)	5
ついに・とうとう	(37) (49)	2

特に(25)「果然上鈎来」(思った通りに針にひっかかったぞ)の果然は、師家が事態の結果をほぼ予測し、学人の器量を点検することで、

5) 加藤出堂(1939)『碧巌録大講座』(第一巻)平凡社、p.202

好ましくない結果に対して、揶揄の語気を潜めた言い方のように思われる。

要するに、仏典における果然は、漢籍でのそれのように「腹鼓を打つ・尾長猿」という意味にあたる例は見当たらず、結果は予想の中に存し、必然・決定の状態を言うのに用いるようである。

次に、仏典での果然の用法を解するために、特徴的と思われる文構造について検討をほどこす。それぞれの文構造は、縦書きの文を横書きに書き換えしたために、便宜上返り点や送り仮名の表式は、筆者なりにそれを変形して示したことを断わっておく。

送り仮名は特定の漢字の直上、またはそれぞれの文の上部の右脇に示し、返り点は文の下部の右脇に、(一)(二)……のように示して区別できるようにした。

① 否定文

○果然………不………。(1) (2) (9) (14) (18) (24) (29) (40) (41) (45) (46) (49) (51) (52) (54)

② 疑問文

○果然……………在(二)ルヤ　什麼《イズレノ》処ニ(一)。(15)

③ 受身文

○果然被(二)………セラル………(一)。(21)

④ 感嘆の語気「那《ナ》」を伴う文

○果然……………那。(38)

「那」は句末に置かれ、感嘆や強調の語気を表わす。

⑤ 動詞+不得

○果然……………不得。(14) (45)

「……不得」は、「会不得・行不得・用不得」のように動詞に後置して、もともとそれが許されない、できない意を表す。

⑥ 肯定文

○果然……………《ス》。(上記用例以外の三十五例)

以上の如く、漢籍の果然が一般に肯定文の形式を取っているのに対して、仏典の果然は、多彩な文構造から成っていることが知られよう。

ちなみに、現代中国語の果然との関係についてみると、香坂順一氏[6)]は、

> 現代中国語では「果然」は、結果が予想の内にあった場合に用いられている。このことはよく「果然不出所料」(果して予想を出ず)と、「不出所料」を伴って用いられているところからもうかがうことができよう。

と述べておられる。すると、現代中国語の果然は、漢籍での果然の意味内容より、寧ろ仏典のそれに近いものと言えよう。

5. 朝鮮語「果然」との関係

ここでは、朝鮮語における果然の意味用法について検討を行う。

---

6) 香坂順一(1987)『水滸語彙の研究』光生館, p.183

考察の資料としては、朝鮮刊本『隣語大方』をはじめ、苗代川本・明治刊本『隣語大方』の三本を取扱い、それらを照合しながら、果然の用例を詮索する。

というのは、例えば『捷解新語』や『交隣須知』のような資料に比べて、『隣語大方』には果然の用例が豊富に存するからである。

考察の便宜上、取敢えず文の例示は省いて、朝鮮文から果然の例を抽出し、次に朝鮮語の果然に対応する日本語を示すことにする。こうした手順に従って、その三本を互いに照し合せると、逆に日本語によって朝鮮語の果然の意味が確められよう。

なお、それぞれの『隣語大方』において、対比し得る巻数を比較対照[7]して示すと[表5]のようである。

[表5]にみる如く、朝鮮語の果然にあたる日本語は、「誠ニ・最(尤)・イカフ・チョフド」など、それであるが、苗代川本と明治刊本では、それぞれ「マコトニ・実ニ」、「マコトニ・イカニモ」とあり、やや日本語の内容を改めていることが知られよう。そのうち、「マコトニ」は例の三本に共通してみられるので、それが朝鮮語の果然の最も近い意味のようである。

さて、朝鮮文における果然(27例)が、如何なる文末表現形式と共起するかについて、明治刊本の用例に基づいて調べてみると、その結果は次のようである。

[詠嘆] 果然………… ‘ap-nai (3例)

[願望] 果然……………syo-sya (5例)

[勧誘] 果然……………ha- ‘ap-sa- ‘i -ta (1例)

---

7) 安田章(1963)「隣語大方解題」(京都大学文学部国語学国文学研究室編『隣語大方』p.16

[推量] 果然……………ha- ʻo-ri（1例）

[疑問] 果然……………ka（1例）

[柔らかな命令]

果然……………cu- ʻap-so（1例）

[その他(主に肯定文)]

果然…… ʻi-ta, ʻap-to-soi, sa- ʻoi, ha- ʻoi, ʻor-soi（15例）

以上のことから、朝鮮語の果然は、文末として一般に肯定形をとるようであり、意味用法の面においても漢籍や仏典や日本語でのそれより多様であることが知られよう。

ちなみに、現代韓国語における果然の用法について述べるが、資料としては韓国の代表的日刊紙「朝鮮日報」(1993年7月1日～同年8月31日)を用いる。とりあえず果然との共起語を手掛りにして、その用法を分類すると、次のようである。

[疑問] 果然………n-ka, -r-kka, nci, rci, nwn- ʻya, ʻyəss-na（72例）

[推量] 果然………kəiss-nw- ʻya（3例）

[詠嘆] 果然………ku-na（2例）

[仮定] 果然………myən（1例）

[その他(主に肯定形式)]

果然………ta, ko, myə（8例）

現代韓国語での果然は、その用法の面において『隣語大方』にみられる「願望・勧誘・柔らかな命令」といった用法は見当たらず、とりわけ疑問用法がかなり際立っていることが知られよう。

『隣語大方』での果然の場合は、27例のうち、疑問を表わすのはただ一例のみであるが、現代韓国語のそれは「朝鮮日報」から抽出した86例のうち、疑問用法が72例に達している。このことは、新聞という文体的特殊性を考慮に入れるとしても、なお特徴的と言えよう。

[表5]

朝鮮刊本(1790年)			苗代川本(1859年)			明治刊本(1882年)		
巻数	丁付	対訳	巻数	丁付	対訳	巻数	丁付	対訳
	二十オ	誠ニ						
巻一	二十ウ	イカフ						
	三十四オ	誠ニ						
	四オ	最						
巻二	六オ	誠ニ						
	七オ	最						
	七ウ	誠ニ		三ウ	マコトニ		三ウ	マコトニ
巻三	十二ウ	誠ニ	巻二	五ウ	マコトニ	巻七	五オ	マコトニ
	十八ウ	誠ニ		七ウ	マコトニ			
	二ウ	誠ニ		一ウ	マコトニ			
巻四	三オ	最	巻一	一ウ	マコトニ	巻四		
	十三ウ	誠ニ		七オ	マコトニ			
	十七ウ	最		九オ	マコトニ		七オ	イカニモ
	十ウ	誠ニ						
巻五	十一オ	最						
	十八オ	誠ニ						
	二ウ	誠ニ		一ウ	ジツニ			
	三ウ	誠ニ		二ウ	マコトニ		二ウ	マコトニ
巻六	十一オ	誠ニ	巻三	六オ	ジツニ	巻八	五ウ	マコトニ
	十八オ	イカフ		九ウ	ジツニ			
	十九オ	イカフ		十オ	マコトニ			
	九オ	イカフ						
巻八	十九ウ	チョウド	巻四	十六オ	実ニ	巻九		
	二十ウ	尤						
巻九	九オ	誠ニ						
巻十	三ウ							
	二十五オ	誠ニ						

(注) 空欄はそれに該当する事項の存しないことを示す。

6. おわりに

ここでは、まずこれまで述べてきた果然の語義について簡単に記し、次に朝鮮語に日常化された果然がどうして日本語には慣用されなかったか、という点について述べておきたい。

日本語においては、室町時代の抄物などに、果然が初出するが、鎌倉時代にすでに果然に取って代わる、「はたして」という和語が生じたという点である。しかも、果然がただ事態の結果を導き出すだけの意味を持つか、あるいは事態が予想の内に存するという、「評価の固定化」がみられるのに対して、「はたして」[8]はそれより意味の範囲が広いからであろう。

朝鮮語は日本語のように、果然という語に取って代わる和語の如き固有語が存しないのである。果然という漢語は、前述の如く用例の出自の数からみても、日常語というより禅語に近い意味素性を含めていると言えよう。

なお、漢籍・仏典・日本語・朝鮮語での意味内容と価値判断をまとめて示すと、[表6]のようである。

---

8) 「果然」の類義語「はたして」は、上代では「最後に・遂に・予期通りに」の意として用いられたようで、神代紀上・神武前期・石山寺本大唐西域記長寛点などに、その用例が見られる。中世資料では『宇治拾遺物語』(一例)、『十訓抄』(六例)、『古今著聞集』(一例)、『徒然草』(一例)、『史記抄』(三例)、『中華若木詩抄』(五例)、『四河入海』(四例)、『毛詩抄』(二例)、『蒙求抄』(七例)、『慶長十年古活字本沙石集』(四例)などに、その用例が見える。また、近代初期の資料の中で、とりわけ漢学の素養の高い福沢諭吉の『学問のススメ』や中江兆民の評論集(1993)(松永昌三編『中江兆民評論集』岩波文庫)にもそれぞれ十七例、七六例がみられる。こうした調査の結果から、現在のような疑問用法は、上代や中世文献には見えず、明治時代に入ってはじめて現れることが知られよう。

[表6]

	意味内容・価値判断
漢　籍	事態の結果重視→予想の内(現代中国語)
仏　典	事態の結果が予想の内に存する
日本語	予想の内・予想の外
朝鮮語	事態の結果が予想の内に存する

第三章
「境遇」小考

1. はじめに

境遇という語は、現代日本語では大して日常的に多用する言葉ではないようであるが、韓国語では日常の話し言葉として慣用している言葉の一つである。

境遇は中国清朝の『福恵全書』に初出するといわれる[1)]が、その意味用法や、類義語との関係などについては、さほど知られていないようである。

そこで本稿では、まず中国語での境遇の意味用法を調べ、次に日本語での境遇の意味用法と、その類義語との関係、第三として、韓国語での境遇の意味用法と、その類義語との関係などを中心に考究したい。

究極する所、日韓両語は中国語の境遇を、いかなる形で受容したのか、そのいきさつを明らかにしたい。

---

1) 佐藤喜代治(1971)「『万法精理』の訳語について(二)」(『国語語彙の歴史的研究』明治書院) p.344 黄六鴻『福恵全書』康熙甲戌33年(1694)

2. 中国語での境遇の意味用法

中国語の境遇は、『佩文韻府』や『駢字類編』には登録されていないが、羅布存徳『英華字典』[2]に、

> circumstance 事情, 光景, 形勢, 情形, 田地, 境遇, 境地, 情理, 情由, 情景, 時勢形勢; the circumstance of a case in court, 案情, 案由, 核;(後略)

と示されていて、circumstanceの多彩な意味の一つとして挙げられている。境遇の初出と思われる『福恵全書』の「筮任部-総論」には、

> 不為境遇邪説所惑。(逆境と邪説のために惑うことはない)

とあり、また『漢語大詞典』[3]に見られる境遇の意味記述と、その用例を挙げると次のようである。(和訳は筆者による)

〇境遇 : 境況和遭遇
(和訳) (遭遇している)状態、経済・生活状況。(敵や不幸なこと面倒なことに)遭遇する。不幸な身の上。不幸なめぐりあわせ。

① 這大約総由於他心性過高, 境遇過順, 興会所到, 就未免把這軽佻一路, 誤認作風雅。(清　費莫文康《児女英雄伝》第三十回, 1849年頃)
(和訳) これは多分彼の心性が高すぎて、逆境のない、あまりに穏やかな一生を送り、気の進む通りに行動してきたので、こうした軽

---

2) 羅布存徳(1866～1869)『英華字典』Hongkong
3) 漢語大詞典編輯委員会編(1988)『漢語大詞典』巻二(上海辞書出版社)

薄な行動をも品のあるものとして誤認するようになっただろう。

② 竊某邊徼腐儒耳，囿於方隅，困於境遇，浮沉郎署，幾二十年。(清 黄輔辰《戴経堂日鈔》)

(和訳) 私はただ俗っぽい儒者にすぎません。学問も一方に片寄り、様々な逆境　を味わい、官庁で浮沈した年月もほぼ二十年近くになった。

③ 我們的年齢，境遇，都不相同，思想的帰宿大概総不能一致的罷。(魯迅《華盖集・北京通信》)

(和訳)　我々の年齢、または、これまで味わった逆境がそれぞれ違うので、大抵思想的帰結もやはり一致できないのではなかろうか。

④ 這血印，是普天之下的窮人苦難境遇的縮影。(郭澄清《大刀記》第三章)(和訳)　この血の跡は、この世の貧乏人が味わった苦難と逆境の縮図である。

①～④のうち、①②の境遇は、ある個人の味わった不幸な経験を、③④のそれは、ある集団の味わった苦難や逆境を意味している。ということは、中国語の境遇は大抵不幸な身の上、不幸な巡り合せの意を表わし、また「順境」より「逆境」の意味合いを表わすものと思われる。

要するに、中国語の境遇は、元々プラス的評価の語でなく、マイナス的評価の意を持つ語であったようである。

3. 日本語での「境遇」の意味用法とその類義語との関係

3.1 境遇の意味用法

日本語の境遇という語について、藤堂明保氏[4]は「日本語特有の熟語の意味」として、「この世で人が置かれている運命の状態。身の上。巡りあわせ。」と述べておられる。

このことは日本語の境遇は、本来のその意味、つまり中国語の境遇の意味とは幾らか異同の存することを暗示しているものと考えられる。

日本語の境遇を載せている文献と、その用例を挙げると、次のようである。

○敬宇中村先生校正，津田仙，柳沢信大，大井鎌吉同訳『英華和訳字典』明治12(1879)年 circumstance 事情，光景，形勢，情形，田地，境遇，境地，情理，情由，情景，時勢，形勢，ケイセイ，ケイジヤウ，アリサマ，シダイ，シギ，シアハセ；(後略)

○井上哲次郎『哲学字彙』明治14(1881)年
circumstance 境遇
environment　環象(生)

○J. C. ヘボン，改正・増補『和英語林集成』明治19(1886)年
Kyogu キヤウグウ　境遇 n. Condition in life; circumstances.
Kyogai キヤウガイ 境界 n. Condition; circumstances; state: *issho no*—, life-long condition; *anrakuno*—, happy state.

○篠野乙次郎『英和外交商業字彙』明治23(1900)年
Condition 条件 境遇 状況

○『遺伝と境遇』(コンクリン『HEREDITY AND ENVIRONMENT』の訳書，1916年)

① しかし、我輩の現今の境遇は、ほとんど疫病にかかったも宜しくだ。(坪内逍遥『当世書生気質』十七，1885-86年)

---

4) 藤堂明保編(1987)『学研漢和大字典』学習研究社

② 我邦将来の情勢は何れに赴くかを推測せさる可らず。如何にして之を推測する乎。曰く第一。外部社会四囲の境遇は如何(徳富蘇峰『将来之日本』1886年)

③ 最初はセドリツクの境遇の変わるのがふ賛成でしたが……(若松しづ子訳『小公子』第十二回丙〈『女学雑誌』292号、1891年11月21日〉)

④ 自分の身の極めて哀むへき境遇にあるといふ事も、何も彼も悉く忘れて仕舞つて……(田山花袋『かくれ沼』〈『文学界』57号, 1897年10月6日〉)

⑤ 凡ソ児童ノ身辺ヲ囲繞スル境遇ハ二個ノ要素ヲ含蓄セリ……(井上哲次郎校閲, 有終会訳『ヘルバルト教育学』文学書房, 1897年)

⑥ 外界の有様が違ひ、生活の境遇が異なれば、其中で出来上がつた動植物の形状にも、之に応じただけの相違が必ず現れるものである。(丘浅次郎『進化論講話』第十五章, 開成館, 1904年)

⑦ どんな境遇にも案じて、その美しさ、愛らしさを護持してゐなくてはならぬやうに感ぜられた。(森鴎外『雁』三, 1911-13年)

⑧ 吾々の発達論に於ては環界(環象と訳す人もあり又境遇と訳する人もありて其人又は其物を取り巻く事物及事情を総称するのである)と云ふ事が個人と云ふ事と同じく必要である。(チャールス・ハバートジャッド著, 大瀬甚太郎他訳『児童教育之科学的根柢発達心理学』第五章, 大日本図書, 1911年)

日本語の境遇を登録している文献を調べてみると、堀達之助(1862)『英和対訳袖珍辞書』ではまだ見当たらない。またヘボンの『和英語林集成』の初版・再版でも登録していないが、第三版にそれを載せている。その他、敬宇中村先生校正・,津田仙・柳沢信大・大井鎌吉同訳の『英華和訳字典』にも境遇が見られるが、これは羅布存徳『英華字典』

の翻訳にすぎないので、結局井上哲次郎の『哲学字彙』の語例を境遇の初出と見るべきだろう。但し、井上哲次郎が『訂増英華字典』の編者であることを考えると、羅布存徳の『英華字典』から影響を受けたということは、再論するには及ばないだろう。

上の用例のうち、①③④の境遇は、ある個人の置かれた生活上の状況を、⑤のそれはある集団の置かれた状況や環境を、⑥⑦のそれは不特定のあるものの置かれた状況を意味するものと考えられる。①～⑦のそれぞれの境遇は、いずれも「生活状況」とか「環境」という語に置きなおしうると思われるが、殊に②④⑤⑥の境遇は、今日我々が使っている環境の意に最も近いのではなかろうか。

要するに明治期の境遇は、「ある状況」の意のみならず「環境」の意も併せ持っているのである。それから①③④の境遇は、それぞれ「疫病」「ふ賛成」「哀むへき」という語にかかっており、マイナス的評価の意味合いを表わしているが、文脈からみて⑤⑥⑦のそれは、プラス的にもマイナス的にもとれるだろう。

3.2 境遇とその類義語との関係

ここでは境遇の類義語として、境の字を冠する「境涯・境界」、境の字を下接する環境、そしてenvironmentの訳語の環象、といった語を中心に検討を加える。

(1) 境涯

境涯という語は、『日本国語大辞典』に「人がこの世に生きていく上で置かれている立場、地位など。境遇。身の上。」とあり、次のような用例を挙げている。

① わが身の境涯は、なにとして送るべきや。もとでがなければ、いまさら商ひもなるまじ。(咄本・鹿の巻筆十四・七, 1686年)
② 此の境涯の今の身に、一分立ては候はず。(浄瑠璃・心中二つ腹帯十一, 1722年)
③ 種々と苦しい辛い境涯を経来(きた)って(小杉天外<初すがた>五, 1900年)

(2) 境界 キョウガイ

境界は境涯の字音と同じであるが、『時代別国語大辞典』(室町時代編二)に「仏教語。前世における行いの結果として、現在この世でそれぞれの人が置かれている境遇」とあり、例示すると次のようである。

① 此詩ハ吾愁而所居之境界也(杜詩続翠抄十七)
② 然共なを妄執の瞋恚とて、鬼神魂魄の境界に帰り、我と此身をくるしめて(光悦本謡=八島)
③ 道の破滅の時節当来し、よしなき老命残て、目前のきやうかいにかゝるおりふしを見る事、かなしむにたえず(夢跡一紙)
④ 自ら二十(はたち)のきゃうがいまで、定むる妻はいまだなし。(御伽草子・鉢かづき)
⑤ 日ごろ人に無常をすすむる境界も其身になりては、さすが恩愛のきづなに心のむすび目ほどけぬ。(俳諧・おらが春)
⑥ 女流は貪婬所対の境界にて、ありと思ふ心を改めずしてこれを見る(正法眼蔵・礼拝得髄)
⑦ 己らは俗塵に埋もれて世渡る境界ながら(一茶・おらが春)
⑧ 心は境界によって転じ変はる(浄・心中宵庚申・下)

⑨ ヤレ嬉しやと言った所が腰辯当の境界(キャウガイ)(二葉亭四迷「浮雲」)

①～⑨のうち、⑧の境界は、環境という語に置きなおしてもよかろう。

(3) 環境

3.1の用例のうち、特に②④⑤⑥の境遇は、環境とほぼ同義のように見え、またそれ以外の例も微妙な差はあるが、環境の意に近いと判断したので、類義語の範疇に入れたのである。

環境は石川栄司編(1902)『教育字彙』(育成会)に、

> 環境　Umschliessung:「とりかこむ」ことにして、生物の活力の上に負ふ所の周囲のすべての事情をいふ、外部の位置、関係、社会の形勢等凡て影響を及ぼすべきものなり、之により其物の経験を変じ性質思想に変化を生ず。

とあり、その用例を挙げると、次のようである。

① 人類の動物学的研究は、即ち人類学である。(中略)　故に人類進化の歴程を明らかにせんとならば、其環境、事情、勢力等の、彼の動作に影響したるものを討究するのが必要である。(石川源三解説『教育学書解説』の第四冊　第二章「中心学科」〈『パーカー氏統合教授の学理』育成会, 1900年〉)
② そは幼きフレーベルを懐にして暖かき呼吸をふきかけし環境の自然界なり。(無署名「雑録◎フレーベル伝」〈『教育学術界』第二巻

第五号, 1901年2月所載〉)

③ 環境 Milieu(仏) 外界又は周囲のこと。(服部嘉香・植原路郎『新しい言葉の字引』1918年)

④ 互いに枉屈的な環境から解放された母と娘とは(嘉村礒多「秋立つまで」1930年)

⑤ 幼稚園は幼児を保育し、適当な環境を与えて、その心身の発達を助長することを目的とする。(「学校教育法」-77条, 1947年)

⑥ 第一に、環境が幽邃である。こんなに樹木が多く(獅子文六「自由学校」-都会の谷間, 1950年)

上で分かるように、環境は明治33年頃から今日に到るまで用いられるのに対して、境遇は大正5年以後になると、あまり見当たらないのである。このことについて、荒尾禎秀氏[5)]は、

> 明治期は勿論、大正中期までも一般に用いられていた「境遇」は、その後なぜ「環境」にとってかわられたのだろうか。いくつかの原因が考えられるが、ひとつは「境遇」の意味分化、ひとつは西欧思想家による新しい概念の将来により対応する述語の要請、さらに「境」の字のもつ造語力といったことなどがなえあわされての結果ではなかろうか。

と述べておられる。

要するに、元々中国語の境遇を日本語特有の意味として用い、さらに環境と併用するが、荒尾禎秀氏の指摘されたような理由によって、境遇は次第にその勢力を失って環境にとってかわられたのだろう。

---

5) 荒尾禎秀「環境」(佐藤喜代治編(1983)『講座日本語の語彙』第9巻所収, 明治書院)

しかし、環境という語を境遇の同類義語として扱おうとすれば、とりわけ環境の語史について、もう少し精査する必要があろう。

環境という語は『漢語大詞典』(巻四)に、

①周囲的地方。

・時江南環境為盗区、凝以疆弩扨采石、張疑幟、遣別将馬穎、解和州之囲。(宋欧陽脩《新唐書・王凝伝》)

・二月、環境盗起、邑落焚劉無余。(宋　洪邁《夷堅甲志・宗本遇異人》)

・魯魁山賊二百年為環境害、至是就撫。(清　方苞《兵部尚書范公墓表》)

②環繞所管轄的地区。

・討鳳翔鄭注徳音諸軍環境不得妄加殺戮(宋李昉等《文苑英華》)

・抵官十日而冦至、拒却之。乃集有司与諸将議屯田戦守計、環境築堡塞、選精甲外扞、而耕稼于中。(明　宋濂等《元史・余闕伝》)

・君之未治偃師、初出為陜之隴西県、冦賊環境。(清　劉大櫆《偃師知県盧君伝》)

③ 周囲的自然条件和社会条件。

・行山陰道上、千岩競秀、万壑争流、令人応接不暇; 有這種環境, 所以歴代有著名的文学家、美術家、其中如王逸少的書、陸放翁的詩、尤為永久流行的作品。(蔡元培《<魯迅先生全集>序》)

・只不断的和環境奮闘、然後纔可以使爾長成。(茅盾《青年苦悶的分析》)

とあり、この語は中国の宋代にも存した古い漢語であることが知られよう。しかし、三つの意味項目のうち、③の「周囲的自然条件和社会条件」(周囲の自然的条件と社会的条件)という意義記述と、その用例に注目したい。

そこで問題になる漢語、例えば環境・環象・自然・社会・条件、といった語が中国側からみて日本語起源の漢語であるか否かということであろう。

それを確かめる目安として、次のような中国側の資料に徴してみる必要があろう。

A：高名凱・劉正埮『現代漢語外来詞研究』(文字改革出版社, 1958年2月)

B：王立達『現代漢語中従日語借来的詞彙』(中国語文, 1958年2月号)

C：北京師範学院中文系漢語教研組編『五四以来漢語書面語言的変遷和発展』(商務印書館, 1959年12月)

D：劉正埮・高名凱・麦永乾・史有為編『漢語外来詞詞典』(上海辞書出版社, 1984年12月)

[表]

	A	B	C	D
環　境	○	×	×	○
環　象	×	×	×	×
自　然	○	×	×	×
社　会	○	○	○	○
条　件	×	×	×	○

(注)「○」はA・B・C・Dそれぞれの資料に登録されているもの、「×」はそれらに登録されていないものを示す。

[表]で見るように環象を除いた「環境・自然・社会・条件」といった語は、一応中国語側から見ると、日本語起源の漢語であることが知ら

れよう。環境が日本語起源の漢語であるということは、一般に日本での造語を意味するが、このことについて筆者はその判断を留保したい。

その理由として、次のようなことが考えられよう。

第一に、①②に属する用例は大体宋朝から清朝までのものであるが、③に属するものは、その作者の蔡元培(1868～1940)、茅盾(1896～1981)の生没年からみて清朝以後のものであることが知られよう。ということは、彼らは魯迅(1881～1936)とほぼ同時代を生きたことになる。

第二に、環境の字義、つまり「環　周辺をめぐる」「境　場所的境界から転じて一定の状況にあること」から漢学に通じていたはずの明治の知識人なら十分転用しうること。

第三として、魯迅は日本に留学し、医学を学んだこと。

こうしたことを考え合わせると、環境は日本での造語というより再生転用[6)]されたものであろうと推察できよう。

つまり、漢籍の環境がいつ頃日本に伝来したのかは定かでないが、それが明治頃に今の意味に再生転用され、再び中国語に入ったのではなかろうか。

ちなみに、③は[表]によって確かめうるように、日本語起源の自然・社会・条件、といった借用語を用いて環境の意を記述している。

(4) 環象

環象は井上哲次郎ら編(1881)『哲学字彙』に「environment　環象」とあり、また石川栄司編『教育字彙』(育成会, 1902年)に、「環象　環境と

6) 森岡健二編著(1969)『近代語の成立』明治期語彙編, 明治書院, p.271

同じ」とあるので、境遇の同類義語として扱ってもよかろう。

環象は漢籍の『佩文韻府』や『駢字類編』に、

聖暦開環象, 昌年降甫申（任希古, 和燕公述懐詩）

という唐詩の一例のみを収録している。だからといって、日本語の環象(日本人がこの語の存在を知っていたのかどうかはともかく)が漢籍のそれを再生転用したとは思われないし、むしろ偶然一致したケースではなかろうか。当然ながら(3)の[表]において確かめられるように、中国語の環象は日本語起源の借用語ではないのである。

要するに、日本語の環象は、環界と同じく翻訳の過程で生まれた訳語とみるべきであろう。

4. 韓国語での「境遇」の意味用法とその類義語との関係

4.1 境遇の意味用法

境遇という語が何時頃から韓国語に用いられ始めたのか、今のところ定かでないが、一応近代初期の「皇城新聞」をはじめ、現在に到るまでの代表的な新聞の社説[7]からその用例を採集し、その意味用法につ

---

7) 境遇の例を採集した新聞は、次のようである。
皇城新聞(1898.9.5～1910.1.28)、朝陽報(1906.6.25～1906.11.25)、万歳報(1906.7.1～同12.13)、朝鮮日報(1920.7.21～1923.12.25/2000.1.1～2000.3.31)、Japan Chosun(2000.1.1～同3.31)ちなみに、その他、時事叢報(1899.1.22～同8.13)、独立新聞(1919.8.21～1920.2.23)、また社説が漢文の漢城旬報

いて考究したい。ただざまざまな資料のうちで新聞社説を扱ったのは、逐次日を追って多彩な用例を収集しうるからである。

境遇の用例を挙げる際に、古いものは主に「皇城新聞」「朝陽報」「万歳報」、そして1920年代の「朝鮮日報」のものを、また最近の例としては「朝鮮日報」と「Japan Chosun」[8]のものを扱って考察を進めることにする。

(1) 境遇（古い例）(和訳は筆者による)

①(前略)人民의 所恃而生하는바는 財産이라 万一 官長들이 其財産을 侵奪하야 所業을 全廢할 境遇이면 是는 其生命을 断함과 無異하니(後略)（「皇城新聞」1899.3.13）

→国民が信じ頼る所は財産である。もし、その地方の長がその財産を侵奪し、その仕事を全廃する状況となると、これはその命を奪ってしまうことに等しい。

②(前略)殃孽之萌은 亀蓍에 問할 것이 無하고 또 不幸이 歉歳를 若値하야 外国米穀를 輸入할 境遇에 到하면 民은 孑遺가 無할 것이오(後略)（「皇城新聞」1899.9.16）

→災難の始まりは占師にたずねることもなく、また不幸にも凶年になって外国の米を輸入する状況となると国民は僅かな余分も残るまい。

③(前略)或偶然히 旅館輿夫의 無理한 需索을 当할 境遇에는 輒毅然히 斥之하되 斥之不聴하면 或争議不決者는 往々히 寧行期를 遅延하야(後略)（「朝陽報」1906.9.10）

(1883.10.31～1884.5.25)、漢城周報(1886.1.25～1887.2.28)などからも、その用例を調べて見たが、見当たらなかった。

8) 「Japan Chosun」とは、インターネット朝鮮日報の和訳版というべきものである。

→もし偶然旅館の輿担ぎ人から無理な賄賂を求められる際には、悉く斥けるべきであるが、斥けても聴かなくてその争いを解決できない人は、時たま出発が遅れてしまう。

④(前略)全国輿論이 未暢하야 憂愛하는 下情이 上에 達치못하면 弗咈하는 上恩이 下에 미치지 못하야 公私가 隔截하고 耳目이 昏瞶하야 全国事情이 黒黒罔罔한 境遇의 帰한지라. (「万歳報」1906.8.11)

→全国の世論がまだ十分に伸びなくて憂える人民の心が朝廷に伝わらなければ、頷かない殿下の機嫌が人民に伝達しなくて公私が断絶し、耳目が暗くて全国事情が真暗な状態になってしまった。

⑤外国人은 文明気味가 有하야 婦女를 偸視하는 悪風이 無하다할지라도 自国人이 間或 登臨窺視하는 弊風이 不無할지니 此와如한 境遇에는 其偸視하는 弊風을 禁止키 豈能하리오 (「万歳報」1906.8.23)

→外国人は文明人のマナーを持っていて女性を覗き見する悪風がないとしても、自国民が時たま高い所に登って盗み見する弊風があるわけだから、このような場合にはその盗み見する弊風をいかに禁止するか。

⑥(前略)左村은 元来 豊饒를 恃하고 女子는 農作치 안이하더니 結局 家勢가 稍々 零落하야 今日 境遇 에 至하얏고 右村은 自来의 貧窮을 苦하야 男女耕作하더니 不幾年에 家勢가 稍々興하야 今日 地位에 至하얏다고 答하는 人이 有함을 見하야도(後略)(「朝鮮日報」1920.7.21)

→左の村は元々豊穣を信じ頼って女性は耕作しなかったので、結局家運が次第に零落して今の生活状態になってしまったが、右の村は昔から貧窮に苦しんで男女問わず耕作したので、何年経たないうちに家運が次第に隆盛し、今の地位に達したと答える人が存することを見ても

⑦然이나 万若 如何한 境遇라도 所信을 明白하게 또는 大胆하게 率直하게 勇猛잇게 또는 詳精하게 吐露하는 相談相手者를(後略)（「朝鮮日報」1920.12.29）

→しかし、もし如何なる場合にも所信を明確に、大胆に、率直に、勇猛に、あるいは詳細に吐露する相談相手を(後略)

⑧即我가 協同生活의 境遇로 하여금 改善完美케함도 또한 元来其要素된 各個人의 自発的 工夫를 俟치 아니치 못할지라.（「朝鮮日報」1921.7.11）

→即ち私たちが協同生活の環境を改善することも、やはり元来その要素である各個人の自発的な工夫に俟たなければなるまい。

注7)で示した期間中に調べた各新聞社説の境遇の例は、「皇城新聞」(7例)、「朝陽報」(2例)、「万歳報」(5例)、朝鮮日報(60例)とあり、1890年代末から1920年代初までの境遇は、一般に「ある状況/(生活)状態/際に/地位/環境」といった意味として用いられたこと解するだろう。⑤⑦の対訳文に「場合」という語がみられるが、これは「状況」の意をも内包しているので、別の項目として立てるには及ばないだろう。

それから⑥⑧に目を止めて境遇の意味用法を検討したい。

まず⑥韓国文の下線部分の「今日境遇」と「今日地位」は、対になっており、しかも文脈上、地位と境遇は同義と思われる。しかし、態と境遇の代りに地位という語を用いているのである。これは境遇という語の持つ意味素性と何らかの関わりがあるように思われる。

つまり「今日境遇」または「今日地位」を齎した、その条件・情況は、それぞれの文の前件と共に「家運が次第に零落して」「家運が次第に隆盛し」である。マイナス評価の内容には「境遇」を、プラス評価の内容には「地位」という語を当てて使い分けているのである。

結局、プラス評価の内容が前件、あるいは条件になると、境遇を避けたいという潜在的意識がその社説筆者の心の底流に潜んでいるのかもしれない。

次に⑧の境遇の意味である。文脈からみて確かに今日我々が日常的に使っている環境の意であるが、ここで一つ注目すべき点は、1920年代初め頃の韓国語にこうした意味として用いられたということである。

この時期に韓国は日帝統治下にあったという時代的背景と結び付けて考えてみる必要があろう。こうした時代には好むと好まざるとに関わらず、言語生活の面においても日本語の影響を受けざるをえないだろう。

3.1において分かるように日本語の境遇は、明治期に環境の意も兼ねていたということを考え合わせると、大正後期に当たる⑧の境遇が環境の意を表わすのは、さほど不自然ではあるまい。

上の例のうち、①～⑥において境遇の修飾語あるいはそうした境遇を将来した原因・理由は、「全廃する/凶年になって/無理な賄賂を求められる/真暗な/盗み見する弊風がある/家運が次
第に零落して」のように、大体マイナス的評価の内容が中心となっているのである。

(2)「境遇」(最近の例)

最近の境遇は「朝鮮日報」(2000.1.1～同3.31)と「Japan　Chosun」からその例を採集した。まず、矢印の左側は韓国語の境遇であり、その右側は境遇に対する和訳を表わしている。また、Xは場合という言葉以外の和訳であり、Yは境遇以外の韓国語を示している。紙幅の制限があるので、(ⅰ)(ⅱ)に該当する例は、その一部のみを例示する。

(ⅰ) 境遇 → 場合(70例)

①至極히 例外的 境遇를 除外하고는 言論은 모든 뉴스를 報道해야만 한다는 点이다. (1.17)

→極めて例外的な場合を除いて、マスコミはあらゆるニュースを報道しなければならないという点だ。

②証拠湮滅 或은 逃走의 憂慮가 있는 境遇에 緊急을 要하여 法官의 逮捕令状을 発付받을 수 없는 때로 局限하고 있다. (2.13)

→また証拠隠滅あるいは逃走の恐れがある場合に、緊急を要し、裁判官の逮捕令状を受領できない場合だけに限定されている。

(ⅱ) 境遇 → X(10例)

①外平債発行이 本格化될 境遇 外換需給과 流動性管理를 效率的으로 調整할 수 있을 것이다. (2.21)

→外国為替平衡基金債権の発行が本格化すると、為替の需給と流動性管理を効率的に調整できるだろう。

②最悪의 境遇에도 流動性 不足은 겪지 않으리라는 政府의 壮談은 어느 程度 믿을 만해 보인다.(1.26)

→最悪でも流動性不足は起こらないという政府当局の言葉は、ある程度信頼できるだろう。

③未公開 情報를 利用한 内部者 去来로 誤解받을 素地가 있는 境遇도 있었다. (3.1)

→未公開情報を利用したインサイダー取引として誤解を受けてもおかしくない事例がある。

④그러나 어떤 境遇에도 無理한 外形 부풀리기나 内実없는 実績為主 思考는……(3.3)

→しかし、どんな状況にも無理な帳尻合わせを行えば、……

⑤建交部 傘下 6個 機関의 境遇 "果然 그렇게 無責任하게 浪費할 수 있을까" 半信半疑할 程度다.(3.6)

→建設交通部傘下六つの機関で「いったいどうすればそのような浪費ができるのか」といえるほど、半信半疑だった。

（iii）Y → 場合(4例)

①政治意識의 啓発과 直接参与의 拡大가 社会 各界의 私的 利害集団들의 競争的인 政治活動을 触発하는 結果로 이어질 때 우리 社会가 어떤 方向으로 갈 것이며 (1.28)

→政治意識の啓発と直接参加が拡がることで、社会各界における私的利害集団の競争的な政治活動を触発する結果が現れた場合、社会がどのような方向に向い、

②選挙運動 行為別 禁止条項도 大幅 풀어주지 않는 限 不服従抵抗運動을 펴겠다고 나서고 있다.(2.1)

→選挙運動行為別禁止条項も大幅に緩和しない場合、不服従抵抗運動を繰り広げると主張している。

③単純한 団束法規 違反에도 申告 褒賞金制度를 導入하는 것이果然 妥当한지…(2.7)

→単純な取締りに違反した場合にさえも申告褒賞金制度を導入することは、妥当なのだろう。

④어떤 大学에서는 総長室 什器를 길거리에 내던지고 総長과 教授들에게 辱説을 퍼붓는 事例도 빚어지고 있다는 消息이다. (3.31)

→ある大学では総長室の什器を道端に放り捨て、総長と教授に向って罵る場合もあるという。

（i）で確かめうるように調査期間に採集した80例の境遇のうち、70例(87.5%)が場合という語に訳されているので、現代韓国語の境遇は、一般に日本語の場合の意を持つことが知られるのである。しかし、ここで一つ注目すべきことは、韓国語の境遇が(ii)のように場合

以外の日本語に訳されているところである。

韓国語の境遇に対応する和訳の在り方をみると、

第一に、①のように条件を表わすものである。これは主に「～と/～ば」という形であり、10例のうち6例を占めている。

第二は、省略である。②のように韓国語では境遇を外すと文として成り立たないが、日本語ではそれがなくても文として成立する例である。

第三として、③④のように「事例」または「不特定の状況」を表わすものである。

第四として、場所を表わす助詞「で」に訳されているものが挙げられよう。

(ⅲ)は境遇以外の韓国語が場合に訳されている例である。日本語の場合に対応する韓国語が殆んど境遇ということを考えると、如何なる韓国語が場合という語に対訳されているのかを調べるのは、結局韓国語の境遇の意味を察するのに役立つだろう。

(ⅲ)に挙げた4例を吟味すると、和訳の場合に対応する韓国語は「①～時/②～限り/④事例」の意であるが、③のように場合に当たる語が原文では隠れているケースもみられる。

以上をまとめると、現代韓国語の境遇は、一般に場合という語に訳されるが、具体的にいうと「～時/～限り/事例/状況/で(場所)」といった多彩な意味を表わすのである。

4.2 境遇とその類義語との関係

韓国語での境遇の類義語は、境の字を冠する境域・境界と、境の字を下接する地境・環境という語を中心に考察したい。それぞれの類義語の例は、全て『朝鮮日報』から採集したものであるが、紙幅の制限があるために、一応二例ずつ挙げておく。

(1) 境域

①政治의 疲弊・思想의 沈衰・教育의 不振으로 因하여 東洋에서 文化의 発達을 誇耀하던 四千年을 通하여 내려오는 朝鮮芸術品은 거의 泯滅코져 하는 境域에서 彷徨하는도다. (1921.5.24)

→政治の疲弊、思想の衰え、教育の不振によって、東洋で文化の発達を誇り輝かした四千年を通じて伝えてきた朝鮮芸術品は殆んど滅びてしまいそうな状況でさまよっているのである。

②一般民衆의 科学知識의 程度는 欧米人에 比하여 甚히 幼稚한 境域에 在함을 免치 못하니 今에 大히 科学을 奨励하여 (1921.8.20)

→一般民衆の科学知識のレベルは、欧米人に比べて甚だ幼稚な状態にとどまっているので、今大きく科学を奨励して

境域という語は、香坂順一(1981)『現代中国語辞典』では、「(生活や仕事の上で際遇する)状況, 局面, 立場, 状態」の意の境地と、「土地のさかい。事物の程度又は状況」の意の境界という両様の意味を持つと示されている。すると境域は、境遇の類義語の範疇に入ることになる。

(2) 境界

①犯人의 그 犯案의 罪目으로 言하면 百分의 九十以上을 모두 詐欺 横領 強盜 窃盜等属이 占領하였으니 그 犯行者가 犯行当時에 自己 内容 境界야 如何하든지 他人의 金銭을 詐欺하였고 (1922.12.16)

→犯人の、その犯罪の調書によると、すべて詐欺・横領・強盗・窃盗などが九割以上を占めていて、その犯人が犯行当時の自分の境遇の如何に関わらず、他人の金銭を騙したし…

②普通人의 心理에라도 그 情勢를 憫憐하고 矜惻하여 그럼인데 罹災同胞의 惨酷한 境界가 彼로 더불어 小毫도 優勝할 것이 無함을 明知하고 的見하면서 (1923.8.18)

→普通人の気持でもその状勢を哀れで不愍に思うはずなのに、罹災同胞の残酷な境遇が彼とともに少しも勝ることがないのを明知し正確に見ながら…

境界は日本語では主に仏教語として「前世における行いの結果として、現在この世でそれぞれの人が置かれている境遇の意を表わすが、韓国語のそれは仏教語とはあまり関係がないようで、ただ境遇の類義語として用いられているようである。

(3) 地境

①世上에 愚昧한 짓이 이 위에 더 할 바가 있으랴. 万若 自然의 化와 天理의 循을 強力과 圧迫으로써하면 将次 어떠한 地境에 이를 것인가. (1920.8.27)

→世の中に此より愚昧な仕業があるのだろう。もし自然の変化と天理の楯を強力な力で抑えるとこれから如何なる状況に達するだろうか。

②当局者 諸氏에게 묻고자 하노라. 이는 朝鮮人으로 하여 더욱 더 暗昧, 鄙劣한 地境으로 化하게 하려는 것이 아닌가. (1922.6.18)

→当局者の諸氏に訊ねたいと思う。朝鮮人をしてさらに暗愚な、鄙劣な状態と化しようとするのではあるまいか。

地境は一般に「土地の境界」の意であるが、このように境遇の類義語として用いられているのは特記すべきことであろう。地境は境地の一字目と二字目を逆にした語形であるが、意味においては境地と類似していると思われる。地境は韓国語特有の熟語の意味を持っていると思われる。

(4) 環境

①하물며 現今 우리의 環境에 在하여 政治의 圧迫, 思潮의 変遷, 邪論의 囂張等 千波万瀾이 蝟集蜂起하는 현국에 재함이리요 (1923.8.7)

→まして今日我々の境遇において、政治の圧迫、思潮の変遷、邪論の囂張など千万蝟集蜂起する現在の状況にあっては…

②그들의 触犯한 事実이야 如何하든지 飛蛾가 灯火를 撲하다가 스스로 焼死함과 같이 禁網에 誤罹하여 天日을 不見하고 活地獄生活을 作하게 된 그 動機와 環境을 一思하면 到底히 憫憐하고 惨惻하도다. (1923.8.12)

→彼らが触れ犯した事実の如何に関わらず、火取り虫が灯火を打って自ら焼死するように、法網に誤り罹って天日を見ず生地獄の生活を強いられたその動機と境遇を思うと甚だ可哀想で痛み悲しむのである。

環境という語については、3.2の(3)において詳述したとおりであるが、韓国語の環境も1920年代初には境遇とほぼ同類義語として使われたことが知られよう。

5. おわりに

これまで境遇という語を扱い、まず漢籍・日本語・韓国語での意味用法を調べ、次に境遇とその類義語との関係について考察してきたが、その結果は次のようである。

第一に、漢籍での境遇は、ある個人やある集団の味わった不幸な経験、苦難、また順境より逆境の意を表わすのである。つまり中国語の境遇は、本来プラス的評価の語でなく、マイナス的評価の意味合いの語であったと思われる。

第二に、日本語の境遇は、「この世で人が置かれている総合的状況」の意であるが、これは「経済的状態・家庭環境・対人関係」など、さまざまな面を含めているのである。明治期の境遇は、今日我々が日常的に使っている環境の意も併せ持っていたと思われる。が、大正後期になると、境遇は段々見えなくなり、環境がその座を占めるようになった。

要するに、環境は一時的に境遇の意を分担していたのであるが、それが境遇から分離された後、境遇は専ら「この世で人が置かれている運命の状態」の意にだけ用いられたようである。なお、日本語の境遇は、中国語のそれとは違ってプラス的評価の意でもマイナス的評価の意でも使われる。

第三に、日本語の境遇の類義語として、境涯・境界・環境・環象を挙げるが、そのうち、環境は日本語での造語でなく、漢籍から再生転用したものであり、また環象は翻訳の過程で生じた訳語であろう。

第四に、1890年代末から1920年代初までの韓国語の境遇は、一般に「ある状況・生活状態・際に・地位」の意として用いられたようである。が、現代韓国語のそれは主に「～時・～限り・事例・で(場所)」の意に使われるが、場合によっては省略されることもある。

第五に、韓国語の境遇の類義語として、境域・境界・地境・環境、といった語が挙げられるが、いずれも境の字との結合からなるものである。そのうち、地境は漢籍での意味とは全く違って、境遇とほぼ同類義語という点で特記すべきである。

第六として、いずれにせよ、1920年代の韓国語の境遇・環境の意味用法は、日帝統治下という時代的背景もあって、日本語から多分に影響をうけている点も見逃してはいけないだろう。

III 『日葡辞書』と『韓国漢字語辞典』

第一章
『日葡辞書』と『韓国漢字語辞典』
－二字漢語の語構造と意味を中心に－

1. はじめに

日本と韓国は、長い間漢語を使いつづけており、両言語において漢語の占める重要性は、高い位置をしめしている。

従来、漢語についての研究は量的な研究、または個々の漢語の意味用法に関するものが中心であり、ある特定の辞書を用いたものは多くを見ない。それは日韓・日中における比較対照研究の場合も、その事情はほぼ同様のようである。

そこで、本稿では『邦訳日葡辞書』(以下『日葡』と略称する)と韓国の最新の『韓国漢字語辞典』[1](以下『韓漢』と略称する)(巻一)を用い、両辞書に共通して見られる二字漢語を抽出し、その語構造の特徴と意味の異同について考察していきたい。

---

1) 檀国大学校附設東洋学研究所編『韓国漢字語辞典』巻一(檀国大学校出版部、1992年)、同巻二(1993年)、同巻三(1995年)、同巻四(1996年)この辞典(四巻)は、二十二冊の規模で刊行中の『漢韓大辞典』の一部分であり、約15万語を四分冊している。

2. 考察の進め方

ここで、とりわけ『日葡』と『韓漢』を取り扱うのは、まず『日葡』の総語句数[2)](32,758)は『韓漢』のそれに近いこと、次に『韓漢』は、韓国の古文献から主に韓国人が独自に使ってきた語を収めているものの、その大半は中世語が中心であるからである。

上の辞書より、同じ字面の二字漢語を抽出する際に当たっては、次のような点に注意した。

①『日葡』索引[3)]と『韓漢』とを一々丁寧に照らし合わせて採集した。

② 人名・地名・人の字・人の号は、省くことにした。

③ ある漢語の意味項目が複数の場合、その意味記述のうち、人の字・人の号・地名などは、省いて記した。

④ 日本と韓国それぞれ特有の建築物の名は、省くことにした。

以上の点を踏まえて本稿では、

(1) 二字漢語の構造的特徴

(2) 漢字形態素の類別[4)]による語構成の特徴

(3) 日韓両語での漢語の意味の異同

という三つの点を中心に考察していきたい。

---

2) 松岡洸司(1991)「日葡辞書の語彙の意味変化」(上智大学国文学科紀要、第八号) p.83

3) 森田武編(1989)『邦訳日葡辞典索引』岩波書店

4) 森岡健二(1987)現代語研究シリーズ1『語彙の形成』明治書院, pp.75～78

3. 二字漢語の構造的特徴

前述した基準に従い、二字漢語を抽出すると、220語を見出すことができる。二字漢語の構造は、実に多様であるが、とりわけ中沢希男氏5)の分類によって、その分析を施したい。

同氏は二字漢語の構造的特徴として、

① 相対する意味の二字を結合したもの
② 同義かあるいは類似した意味の二字を結合したもの
③ 名詞に、有・阿・子・児などの無意味の字を添えたもの
④ 主要字に、殺・却・着・者・破などの無意味の助字を添えたもの
⑤ 主要字に、可・有・無・不・非・未・将・所・被などの字を冠したもの
⑥ 主要字に、然・乎・如・爾・焉などの字を加えたもの
⑦ 名詞に名詞を冠したもの(連体修飾語)
⑧ 名詞に形容詞を冠したもの(連体修飾語)
⑨ 動詞に動詞・形容詞・副詞などを冠したもの(連用修飾語)
⑩ 動詞とその目的語・補語からなるもの
⑪ 主語と透語からなるもの
⑫ 同じ字を重ねたもの
⑬ 双声もしくは畳韻からなるもの
⑭ 具体的な物の名を借りて別の意味を象徴したもの
⑮ 故事にもとづくもの
⑯ 物名

5) 中沢希男(1978)『漢字・漢語概説』教育出版, pp.39～44

のように16分類しているが、筆者は⑰「梵語を音訳したもの」を加えて17分類にしたい。

上の分類法に従って、それぞれの項目に該当する語例を例示する。

① 上下 主客 内外 去来 (4語)

② 交会 参上 参謁 参会 各別 図書 夫人 女御 妓女 妻女 学士 (11語)

③ 印子 団子 (2語)

⑤ 不調 不通 (2語)

⑦ 121語

一角 一脚 一炬 一結 一科 一貫 一女 一同 一力 一輪 一名 一分 一所 一巡 一時 一息 一点 一畳 一統 一品 一会 七道 七書 七星 七賢 三綱 三国 三軍 三老 三時 三才 三体 三焦 上服 上部 上勅 上品 上戸 丈夫 下界 下官 下部 下品 下戸 中宮 中門 中米 中部 中分 中人 中日 中品 中戸 主人 二相 五労 亡骨 京中 人力 人物 人事 人情 令旨 仙家 仙人 仏国 仏手 仏天 内府 内心 内薬 内陣 両界 両所 両眼 両殿 八角 八木 八朔 八旬 公役 六宮 六竜 兵船 別願 初章 勅使 勅誓 勅案 北闕 北人 千科 千里 半身 南北 南人 南殿 各体 唐物 唐人 喉舌 四面 四門 四海 国命 国役 城内 城主 堂内 堂下 壁書 外方 外僧 外陣 夜光 天蓋 天光 天童 天上 天眼 女宮

⑧ 28語

下生 下直 古風 吉慶 嘉慶 円豆 多福 大家 大科 大工 大官 大国 大徳 大豆 大木 大物 大犯 大事 大師 大相 大船 大臣 大業 大人 大将 大学 太守 好事

⑨ 20語

伺候 僉議 先納 先達 内侍 内評 内学 出来 労傷 勝劣 勤仕

半分 半作 参学 同居 同謀 同生 同座 啓達 報謝

⑩ 22語

上京 下馬 代官 作人 作者 使僧 使者 典薬 出米 分身 勧善

化身 十成 印地 合壁 唱歌 啄木 図帳 在家 座上 執事 外道

⑪ 三献 上達 仏供 口伝 (4語)

⑫ 上々 別々 (2語)

⑮ 五常 八景 (2語)

⑯ 丁香 (1語)

⑰ 夜叉 (1語)

以上、二字漢語の構造をまとめて示すと[表1]のようである。

[表1]

構造	①	②	③	④	⑤	⑥	⑦	⑧	⑨	⑩	⑪	⑫	⑬	⑭	⑮	⑯	⑰	計
数	4	11	2	0	2	0	121	28	20	22	4	2	0	0	2	1	1	121

要するに『日葡』と『韓漢』より見出しうる同じ字面の二字漢語の場合、⑦名詞に名詞を冠した構造がもっと多く、⑧⑨⑩がそれについでいることが知られよう。また、④⑥⑬⑭の構造が見られないのが特徴である。二字熟語はやはり修飾語は被修飾語の前にくるという漢語の構造原理に準拠しているのが一般的ようである。

4. 漢字形態素の類別による語構成の特徴

森岡健二氏は[6)]日本語の形態素の質という点から、漢字の層を分けて、次のように分類しておられる。

第1類 和語異形態(音訓流通)の性格をもつ漢字形態素
第2類 字音専用の自立形式
第3類 派生語となる字音専用の結合形式
第4類 不完全形態素としての字音専用の結合形式
第5類 日本語の形態素として認めにくい漢字
第6類 字訓専用の漢字

二字熟語の一字目をX_1 、二字目をX_2 とし、上の類別法に従って分析を行う。X_1 、X_2 それぞれの類別の数と、X_1 +X_2 の類別語構成のパタンをみていくが、取敢えずX_1 +X_2 の類別語構成のパタンとその語例を挙げる。

(1) 第1類+第1類

一角 一脚 一結 一貫 一女 一同 一力 一輪 一名 一分 一所
一巡 一時 一息 一畳 一統 一品 一会 七道 七書 七星 七賢
三綱 三国 三老 三時 三体 三焦 上上 上品 上下 上戸 丈夫
下馬 下直 下品 下戸 中宮 中門 中米 中分 中人 中日 中品
中戸 主人 亡骨 交会 人力 人物 人事 人情 仏供 仏国 仏手
仏天 伺候 作人 作者 使者 先納 内心 内薬 内外 内学 八角
八木 六宮 出来 出米 分身 別々 別願 勝劣 勤仕 勧善 北人

6) 森岡健二、前掲書、pp.78～84

十成 千里 半分 半身 半作 南北 南人 南殿 印子 去来 口伝 古風 各別 各体 同居 同謀 合壁 唐物 唐人 唱歌 四門 四海 円豆 図書 在家 城内 城主 執事 壁書 外道 外方 夜光 大家 大国 大豆 大木 大物 大犯 大事 大相 大船 大業 大人 大学 夫人 天光 天童 天上 天眼 太守 好事 妻女 (129語)

(2) 第1類+第2類

一炬 三軍 上京 上勅 下官 主客 代官 使僧 内陣 八朔 八旬 公役 六竜 化身 北闕 印地 国役 外僧 外陣 多福 大官 大徳 大師 大臣 天蓋 女官 学士 (27語)

(3) 第1類+第3類

一科 一点 三献 上達 上服 下生 二相 五労 五常 先達 内侍 内評 千科 同生 同座 四面 国命 報謝 大科 女御 (20語)

(4) 第1類+第4類

三才 上部 下界 下部 中部 内府 八景 初章 図帳 大工 大将 (11語)

(5) 第2類+第1類

京中 仙家 仙人 両所 両眼 両殿 兵船 勅使 勅誓 喉舌 堂内 堂下 妓女 (13語)

(6) 第2類+第3類

勅案 (1語)

(7) 第2類+第4類

両界 (1語)

(8) 第3類+第1類

令旨 労傷 参上 参学 参会 座上 (6語)

(9) 第3類+第3類

参謁（1語）

(10) 第4類+第1類

丁香 不調 典薬 啄木 団子（5語）

(11) 第4類+第3類

不通 僉議 吉慶 啓達 嘉慶（5語）

(12) 第5類+第5類

夜叉（1語）

X_1 、X_2 それぞれの類別数と、X_1 +X_2 の類別語構成のパタンをまとめて示すと、[表2]のようである。

[表2]

類 別	X1	X2	X1 + X2				計
			類 別	小 計	類 別	小 計	
第1類	187	153	第1類+第1類	129	第2類+第4類	1	130
第2類	15	27	第1類+第2類	27	第3類+第1類	6	33
第3類	7	27	第1類+第3類	20	第3類+第3類	1	21
第4類	10	12	第1類+第4類	11	第4類+第1類	5	16
第5類	1	1	第2類+第1類	13	第4類+第3類	5	18
第6類	0	0	第2類+第3類	1	第5類+第5類	1	2
合 計	220	220	小 計	201	小 計	19	220

[表2]で分かるようにX_1 、X_2 いずれも第1類が圧倒的に多く、第2類がついでいるのを解する。このことは、数において第4類が「第1類についでいる」[7]という論とはややずれているといえよう。

第5類の「夜叉」は、サンスクリットを音訳したものであり、字訓専用の第6類の語例は見当たらない。また、X_1 +X_2 の場合も、第1類+第1類のパタンがもっとも多く、第1類+第2類がそれについでいる。

---

7) 森岡健二、前掲書、p.82

5. 日韓両語での漢語意味の異同について

日韓両語における漢語意味の異同については、日中両語における意味分類法[8]にならって進めていきたい。

日中という部分を、日韓に書き換えて示すと、次のようになる。

第一、日韓両語における意味が同じか、またはきわめて近いもの。(S)

第二、日韓両語における意味が一部重なってはいるが、両者の間にずれのあるもの。(O)

第三、日韓両語における意味が著しく異なるもの。(D)

上の分類法に従って、220語を類別すると、S(39語)、O(60語)、D(121語)となる。『韓漢』は「韓国の古典文献から韓国人が独自に使ってきたことばだけを集めた」[9]ということを考え合わせると、『日葡』と『韓漢』より抽出した漢語において、その意味は違って当然というふうに思うかもしれない。

しかし、SとOに含まれる割合が45%に達するという事実は、何を示しているのであろうか。これは純粋な意味での韓国固有の漢字語は、割合少ないことを示唆しているし、また元々外来語の漢字を用いて造語する場合も、本来の漢字の意味と全く異なる意味を与えるのは困難だからであろう。

以下に、SとOに当たる語例を少しく挙げておく。(以下『韓漢』の和訳は筆者による)

特に、5.1と5.2に例示する語の意味を記述する場合は、『日葡』の欠

8) 日本語教育研究資料(1978)『中国語と対応する漢語』文化庁, pp.8～17
9) 檀国大学校附設東洋学研究所編, 前掲書, 序文参照。

を補うために、三省堂『時代別国語大辞典』室町時代編(以下『時代別』と略称する)のものをも示すことにする。その際には、文頭にアステリスク(*)を添えて明らかにした。

5.1 SとOに属するもの

○中米

(日)「中白」(中流程度の人々の食糧となる中等米)に同じ。

*ちゅうまい[中米]「中白チュウジロ」に同じ。

(韓) きれいに精げていない中等米。

○五労

(日) 五つの疲労の様態、あるいは、五つの衰弱の様態。

*ごらう[五労] 病気の誘因となる五つの心労をいう。

「五労トハ、志労、思労、憂労、心労、痩労、是五臓ノ病也。労トハ神気ヲツカラカスノ意ナリ」(類証辯異全九集)

(韓) 過労によって生じる五種類の病気。すなわち、筋労・骨労・皮労・気労・血労などである。

○使僧

(日) 使者の僧、あるいは、使節の僧。

*しそう[使僧] 使いとして派遣される僧。

(韓) 使者の任務を担った僧。

○三献

(日) 三たび献る。すなわち、酒などが、座敷に三回出ること。

*さんごん[三献] 正式の酒宴において、一献ごとに肴の変わる膳で、そのつど三杯ずつ酒を飲ませることを、三度繰返すこと。ま

た、そのもてなし方。「式三献」。

(韓) 祭祀を行う際に、杯を三度捧ること。すなわち、初献・亜献・終献をいう。

○中人

(日) 知識や尊敬度などの中位の人。人の仲の取持をしたり、婚姻などの仲立ちをしたりする仲介者、あるいは、媒介者。

*ちゅうじん[中人]「大人」「小人」に対して、徳・身分などについて中程度とされる人をいう。

*ちゅうにん[仲人・中人]　人と人との間に立って、両者のなかだちや仲裁をする人。

(韓) 朝鮮時代、両班と庶民の間に属する階級または、その階級に属する人。背丈が中間程度の人。

○上々

(日) 最上のもの、または、すぐれたもの。

*じゃうじゃう[上上] すべての観点からこの上なくすぐれていると評価されるものであること。

(韓) 詩文を評定する九等級の中、最上位の等級。言葉をどもる様子。

SとOの語例として「中米・五労・使僧・三献・中人・上々」の六語を例示したが、いずれも漢字の表意性の高い語であることが知られよう。

『韓漢』は同書の序文に記されているように、韓国の独自の漢字語を多く採集しているので、日本語と同じ字面の漢語の場合でも、その意味の面において、著しく異なるものが存するということは十分予想できることであろう。

そこで、日韓両語における漢語のうち、意味において著しく異なるものを中心に、その異同の特徴について考察していきたい。漢語の意味を検討する際、漢籍での意味は諸橋轍次『大漢和辞典』(以下『大漢和』と略称する)の意味記述を参考[10]することとする。

5.2 Dに属するもの

○一角

(日) 一本の角

*いつかく[一角]　①一本の角(つの)。また、一本だけの角を持っていること。

*いつかど[一廉・一角]　①周辺にある一般の平凡なものに比べて、ひときわすぐれていること。ひとかど。②連用修飾語として用いられ、それを他より特にきわだたせて取扱うさまを表わす。

(韓) 時・賦の第一句、または、八股文の最初の二句をいう。

(漢) ①一方のすみ。②一本のつの。③手紙一通。郵駅の制。④仙人の名。独角仙人ともいふ。⑤ 公文書一通。

日本語の一角は、多くの二字漢語がそうであるように、両字が対等に意味を分担していて[11]、漢籍の②に一致している。

一方、韓国語の一角は、片方の字、即ち、二字目の意味が強い力をもっていて[12]、その二字目には漢籍にも見られない全く新しい意味

10) 『大漢和辞典』の意味記述を参考する場合、日本の文献に関わる意味項目は除くことにした。
11) 林四郎(1981)「漢字を評価するための観点」(馬淵和夫博士退官記念国語学論集所収)大修館
12) 林四郎、前掲論文参照。

が加えられている。例えば、一角という語は、朝鮮明宗実録に、

> 大抵八角押韻、皆用命韻、次第之法、少不可乱、一従程式可也。第一角破題之法、今之儒生、不知此法、其名雖律、其失則非（朝鮮明宗実録一六、九年五月壬寅）

とあり、韓国語側に新義が生じることによって、日本語の一角とは全く異なる意義を持するようになったものと思われる。

○丁香

（日）ある薬。

＊ちやうがう[丁香] → 丁子(ちゃうじ)

「丁香　痰香…。大ナル物ト、ツボミタル花ノヤウナルモノトヲサルベシ。火ヲイム。…酒ヲスゴシ内傷シテ中焦ヒエ虚シテ食ナドノ無ニ、積聚虫ノヲコルニ、冷痰、吐逆ナドニ口ノ内臭ニ、ヒエテ腹痛スルニ(月用能毒之捷径)

＊ちゃうじ[丁子]　フトモモ科の熱帯常緑高木。その花のつぼみを乾燥させたものを「丁香」ともいい、漢方薬種として、健胃や口臭の除去などに用いた。また、香料ともした。

（韓）みずみずしい高麗人蔘をいう。

> 平安江邊列邑貢人蔘、名其有生気者曰丁香(朝鮮中宗実録26, 11年9月壬辰)

（漢）①香木の名。熱帯に産する一種の香木。実を丁子といって、香料そ薬用に用ひる。一名、雞舌香。②茘枝の一種。③物を結び

合わせるもの。ボタンなど。

丁香という漢語は、それ自体が物の名であるので、両字いずれにも意味の代表性[13]を認めるわけにはいかない。日本語の丁香は、漢籍の「薬用に用ひる」という意味から類推して、特定できない「ある薬」という意に用いられたと思われる。

韓国語の丁香は「みずみずしい高麗人蔘」とあるが、もともと高麗人蔘は韓方薬の材料として広く使われていたので、やはり漢籍の意から類推して固定されたのではなかろうか。従って、日韓両語での丁香は、漢籍の意味から類推して生じたものであろう。

○丈夫

(日) 強いこと。

*ぢゃうぶ[丈夫] ①りっぱに成人した一人前の男子。②形容動詞として用いられ、その状況下にあって、そのものとしての使命・役割を全うしうる、ゆるぎない力・内実をそなえているさまである意を表わす。

(韓) 片方の先を別の片方に合わせるために、その太さより細く作った部分

大轝欄干・隅木八(長一尺八寸、丈夫一寸五分、広二寸、用松木、朱紅漆上端) (仁祖国葬都監儀軌、一房、己丑八月初九日、都監)

(漢) ①をとこ、ますらを。②才能の、衆に過ぎた人。③夫

日本語の「丈夫」は、狂言記に、

---

13) 林四郎、前掲論文参照。

日比丈夫なもので御座るが（狂言記、梟）

とあり、「強いこと」の意であることが知られよう。丈夫は両字のうち、「夫」が意味的勢力を持っていて、「丈」は埋没性語要素[14]にすぎないのである。「強いこと」というのは、漢籍の①から転義されたものであろう。

一方、韓国語の丈夫は、両字いずれも意味論上の勢力とは関わりがなく、日本語にも、また漢籍にも類似した語を見出し得ない意味を持しているのである。

要するに、韓国語の丈夫は、文字のみを借用して、それに新しい意味を与えているのである。

○一科

(日) 一つの罪科。

＊いつくわ[一科] 一つの罪科。

(韓) 一回の科挙。

石橋兄主会事亦為狼貝，此亦人所勘為之事耶，今番則可謂公道，而一科亦係門運，柰何（古文書集成二八，簡礼類四四九）

(漢) ①一つの法律の科案。②一つの試験科目。③一本の草や木。④官衙の局課。⑤一度の考試。

一科は日韓両語いずれも、両字が均等に意味を分担しているが、それぞれの準拠する所によって意味の違いが生じたと思う。日本語の一科はマイナス評価の方へ、また韓国語のそれはプラス評価の方へと、

14) 林四郎、前掲論文参照。

それぞれ固定されてきたのであろう。

○人情

(日) 人間的な同情心。

＊にんじゃう[人情]「にんせい」とも。人間ならば誰しもがもつ、物事に対するさまざまな感情や思い。また、特に思いやりの心。

(韓) ①贈り物、または賄賂の意。②人情米[15]・人情物[16]の略。

・非漕船則並給船価〔該邑免吏・庫子之徴索人情者、債主之奪取船価者・並杖一百定配〕(続大典二, 戸典, 漕転)

・野人凡毛物進上時, 必看品所属邊将, 邊将随其多寡之数, 各有徴取, 各之曰上納人情。及到京城, 各該曹与政院下吏, 亦皆有人情之物(中略)噫、我国人情之弊, 其害及於遠人, 而辱言遂至於朝廷近侍之列, 病哉 (大東野乗五六、松窩雑説)

(漢) ①人の心。人の感情。人間の情欲。人間らしい感情。なさけ。② おくりもの。遺贈。③私情。交際。義理。

日本語の人情は、両字が対等に意味を分担しており、その漢字の持つ表意性からもその意味を解し得るだろう。しかし、韓国語の人情は、漢籍のある特定の意味に準拠しているものの、また別の意味を加えているのである。加えられた意味は「我国人情之弊、其害及於遠人」という所からも解するようにマイナスの意義要素を持しているのである。

要するに、日本語の人情が精神的な面を重視しているのに対して、韓国語のそれは、精神的意味が見られないわけではないが、どちらか

15) 人情米: 朝鮮時代の末期、租税を納める時、手数料の名目として付け足して納めた米。

16) 人情物: 贈り物又は賄賂としてやる品。

というと、やや物質的な面に重きを置いているように思われる。

○八木

(日) 米に同じ。米。

＊はちぼく[八木]「はつぼく」とも。「米」の字を分解すれば「八木」になるところから、米の「わけ字」、異名。

(韓) 「八目」に同じ。数闘牋。すなわち、人・魚・鳥・雉・麞・星・馬・兎を画いた八十枚の闘牋。

・投箋者、紙牌類也。人魚鳥雉星馬獐兎、自一至九。人将曰星、魚将曰竜、鳥将曰鳳、雉将曰鷹、星将曰極、馬将曰乗、獐将曰虎、兎将曰鷲、凡八十葉、号為八目(京都雑志一、風俗、賭戯)

・八目会。旧俗有八木戯(木或作目)、以紙牋八十枚、各画自一至十、人・魚・鳥・雉曰老用、獐・星・兎・馬曰少用、中有許多細規、毎四人相対馬戯、名之曰数 (海東竹枝、中、俗薬遊戯)

八木は『大漢和』に、

① 米の異名。八・木の二字を合すると米の字となるからいふ。

② 八種類の木。松・柏・竹・楡・桑・棗・枳・橘 。

とあり、①の用例として「百錬抄」と「東鑑」の例が示されている。

・安元元年五月二十七日、百箇日有施行、毎日八木三千石(百錬抄八)

・元暦二年三月七日、八木一万石(東鑑四)

②の用例は見当たらないので、まず日本の古辞書類、とりわけ節用集類を中心に調べると次のようである。(下線は筆者による)

・八木《ハチボク・ヤツキ》 米分字也 (文明本節用集)
・八木《ハチボク》 米也 (黒本本・伊京集・易林本・節用集大全)
・八木《ハチボク》 本朝俗謂米為八木、支那謂松為十八公之類也。(書言字考節用集)

次に、漢籍での用例を確かめるために『佩文韻府』『駢字類編』『漢語大詞典』などに徴してみたが、やはりその例は見出し得ない。

要するに、日本語の八木は「支那謂松為十八公之類也」という『書言字考節用集』(以下『書言字考』と略記する)の記述からも分かるように、中国の漢字の組み合せ法にならって創り出した日本独自の漢語のようである。それは漢籍に語例が存しないことと、『書言字考』の記述とを考え合せると、十分解しうるであろう。

参考までに、『大漢和』の「十八公」の項には、

松の異称。松の字を分析すれば十八公となるからいふ。
占者曰、松、於文為十八公 (韻府引、江表伝)

とある。

日本語の八木は、両字が対等に意味を分担しているの(八種類の木)と、両字の組み合わせによって、特定の意味が生まれるという二通りのパタンが見られよう。これに比して韓国語のそれは、一字目に意味の重きを置いていて、二字目は無きに等しいと言えよう。

いずれにせよ、日韓両語での八木は、中国の漢字を使いこなしてそれぞれの独自の文化的・社会的背景を持った語として生まれ変わったのであろう。

○喉舌

(日) 喉と舌と。

＊こうぜつ[喉舌] 大切な発音器官である、のどと舌と。

(韓) 王の舌という意味で、王命の出納を担当した承旨、または承政院の別称。

・政院，喉舌之地，朝廷之儀表，礼法之所自出，今碩圭以喉舌之長，待同列如此可乎．(朝鮮成宗実録八二，八年七月壬午)
・政院非諫官非大臣，而只掌出納王言，故謂之喉舌之任．蓋喉舌，乃一身之最関者也 (朝鮮宣祖実録三，二年六月辛巳)
・二十一年，以裵景誠知吏部事，景誠為承宣，聚娼女為妻，諫官言景誠内行如此，不可居喉舌之職．(増補文献備考192，選挙考，銓注)

(漢) ①ことば。②君王の言を下に伝へ、下の言を君王に伝へる官。宰相。喉脣。喉舌之官。喉舌之任。②大切なところ。

中世日本語の喉舌は、『日葡』『時代別』によると、一応「のどと舌と」の意であったことが推察できよう。

ところが、小学館『日本国語大辞典』(第二版)によると、親見出しの「喉舌」と、子見出しの「喉舌の官」に対して、それぞれ次のように示されている。

・こうぜつ[喉舌](名) ① のどと舌。また、ことば。② (「詩経-大雅・烝民」の「出納王命、王之喉舌」による)君主の命令などをとりつぐこと。また、その役目の人。

・こうぜつの官①(喉舌②から)中国で、宰相の異名。②わが国で、大納言の異称。

まず喉舌には、続日本記-宝亀三年(772)、本朝文粋(1060頃)、中右記-大治二年(1127)の用例が示されていて、喉舌の官には、令集解(738)、令義解(833)、百寮訓要抄(1368～88頃)などの用例が見られる。

すると、日本語の喉舌は、上代から平安時代頃までは「大納言」の意として用いられていたことになるが、室町時代頃になると、それは「喉舌の官」という形に変わるのである。こうした傾向は、例えば中右記-大治二年(1127)に、

近代大納言辞状之要句、大納言者吐納之官、喉舌之任也。

とあり、平安中期頃から見られるといえよう。(下線は筆者による)

要するに、日本語の喉舌は、中世頃に限って言えば、少なくともそれが官職の意として使われた用例は見当らない。

ところが、韓国語の喉舌は、上にみるごとく「のどとした」という具体的な身体部位の名称から、全く別な意味の「官職や官庁の名称」の意に拡大し、転義されているのである。言ってみれば、普通名詞から抽象名詞への変身、という言い方も可能であろう。

いずれにせよ、日韓両語での喉舌は、その意味を異にしていると思われる。ちなみに、韓国語の喉舌は、官名の意を示すという部分では、中国のそれと共通するが、官庁名まで拡大して用いる点では異な

るといえよう。

○一名

(日) 一つの名前。

＊いちみやう[一名] ①あるものについて、いろいろある名称のうちの、一つの名前。②本来の名称の他にある名前。③「一名字」(名字を同じくする一家・一族の者)の略。

(韓) 庶子とその子孫を別にいう言葉。

・同知趙普和以為，上天不択雨露，王者不却衆庶，而独我東所謂一名者，雖有出類抜萃之才，一切防塞之中，遂為千万世永錮之案（葵史二，辯破捲堂所懐往复書）

・一名，本朝，俗称庶孼曰一名（『古今釈林』二七，東韓訳語，釈名）

(漢) ①又の名。異名。別称。②官吏登用試験に一番で及第すること。又其の人。③一人。

日本語の一名は、漢籍の意味記述の一部と重なっていて、特異な異同は見られない。

韓国語の一名は、『古今釈林』の「庶孼曰一名」という記述から分かるように、漢籍での意味記述のうち、①の意から「庶子とその子孫」を指すことばとなり、いわゆる「意味の悪化」[17]という傾向を見せている

17) 「意味の悪化」とは，亀井孝・河野六郎・千野栄一編(1996)『言語学大辞典』第6巻，三省堂(述語編，p.60)によると，「語の意味が，さげすみ，非難，好ましくないニュアンス(コノテーション)，マイナス評価の方向へ変化すること．原語 pejoration は軽蔑化，堕落(変化)，下落などとも訳される」とある。

ものと思われる。

6. おわりに

これまで『日葡』と『韓漢』を用い、両辞書から共通して見出しうる同じ字面の二字漢語を取り扱って、二字漢語の構造的特徴、漢字形態素の類別による語構成の特徴、日韓両語での漢語の意味の異同などを中心に考察を進めてきた。

二字漢語の構造は220語のうち、取敢ず名詞に名詞を冠したパタンが121語もあり、他の語構造に比べて圧倒的に多いことが知られよう。次に④⑥⑬⑭の構造が見られないのが特徴である。

漢字形態素の類別による語構成の特徴は、X_1 、X_2 いずれも第1類がもっとも多く、第2類が次いでいるのが分かる。X_1 +X_2 のパタンも第1類+第1類が多数を占めていて、第1類+第2類がそれについでいる。

日韓両語での漢語の意味の異同においては、著しく異なる語(121語)、一部重なる語(60語)、同じかきわめて近い語(39語)とあり、やはり著しく異なる語が大半を占めている。

意味の異同を確かめるために、次の「一角・丁香・丈夫・一科・人情・八木・喉舌・一名」を取上げて検討したが、その結果は以下のようである。

第一に、日本漢語は、漢籍に同義を求められるが、韓国語のそれは片方の字の意味が強く、しかも漢籍にはその語義を見出し得ない新義が生じることによってずれが生まれた。

第二に、漢籍の意から類推して、それぞれ独自の意味を持つ語に成長した。

第三に、日本語は漢籍に同義が存するが、韓国語は文字のみを借用して、漢籍の意味とは全く異なる意味を与えている。

第四に、日韓両語いずれも漢籍の意味に準拠していながら、プラス的意味、またはマイナス的意味へ傾き、固定されることによって、ずれが生じた。

第五に、漢籍の意味によりながら、日本語が精神的な面を重視しているのに対して、韓国語は物質的な面に重きを置くことによってずれが生じた。

第六に、日韓両語いずれも、漢籍にはその語例の存しない、しかもそれぞれの独自の文化的社会的背景を持った語が生まれる。

第七に、日本語は両字が漢字本来の意味を持しているのに対して、韓国語は特定の身体部位の名称から、官職または官庁の名称に転義される。

第八に、日本語は漢籍の意味記述と一部重なっているが、韓国語側の「意味の下落」によってずれが生じた。

以上の点が今回の調査の結果である。

第二章
『日葡辞書』から見た『韓国漢字語辞典』
－固有漢字語認定の是非をめぐって－

1. はじめに

従来、韓国における漢字語研究は、一般に中国文献を調べれば能事終われりとする傾向があったことは否めないだろう。それは、われわれの要望を満たしてくれる漢字語辞典の不足にもその一因があると思われるが、より充実した漢字語研究のためには、やはり日本文献も視野に入れて行うべきであろう。

これまで韓国の漢字語辞典は、日本の漢和辞典と同様、韓国漢字語および韓国漢文文献を広く収載しているとは言えないのが事実である。このことと関連して猿田知之氏[1)]は、

> 朝鮮漢字語の史的研究が進捗し、朝鮮漢文文献による朝鮮漢字語辞典編纂が企図実現するならば、日本漢字語研究にとっても、東アジア文化史研究にも裨益すること必定であろう。

という、朝鮮漢字語辞典編纂に対する強い期待と希望を述べておられ

1) 猿田知之(1988)「朝鮮漢字語覚書ー日本中世漢字語研究のためにー」茨城キリスト教短期大学研究紀要、p.80

るが、ちょうどそれに答えるかのように最近『韓国漢字語辞典』[2)](以下『韓漢』と略称する)が完成されたのである。

『韓漢』はその序文に、

> 韓国の古典文献より韓国人が独自に使ってきたことばのみを収集した

と示されているが、実は韓国独自の文化的社会的背景を持つ語のみならず、あらゆる位相にわたる漢字語[3)]を収めているのである。

一方『邦訳日葡辞書』(以下『日葡』と略称する)について、土井忠生氏[4)]は、

> 当時の日本語を広く見渡して、媚びたといわれる、上等高尚な言葉までも含め、また一般大衆のことば、それはかなり下品だと考えられた方言卑語までも含めて、日本語をとりあげたのが1603・4年長崎のコレジオで刊行した『日葡辞書』である。それは非常に幅の広い語彙を載録したものである。

と指摘しておられる。

そこで『日葡』と『韓漢』(巻一～巻四)とを用いて、両辞書に共通して見られる二字漢語[5)]をすべて抽出し、それらの意味を照し合せると、

---

2) 韓国漢字語辞典については、拙論(『日葡辞書』と『韓国漢字語辞典』ー二字漢語の語構造と意味を中心にー、上智大学国文学論集30号、1997)で、述べたことがあるので、それを参照されたい。

3) 漢字語とは韓国の漢字音を表わし、日本漢字とは違って全て正字で表記するが、本稿では便宜上日本の略字で示すことにする。

4) 土井忠生(1982)『吉利支丹論攷』三省堂, p.6

意外にそれが「同じか、あるいは一部重なる」という語が少なからず見られるのである。

『韓漢』での漢字語の意味は、前述のその序文から察して『日葡』のそれとは違って当然であろう。しかし両辞書での意味が同じか、一部重なることになると、それに該当する『韓漢』の語例は、固有漢字語[6]としての資格に問題が生ずるわけである。

本稿では、こうした問題となる語を取上げて、固有漢字語として認め得るか否かということを、明らかにしたい。

2. 考察の進め方

論を進めるにあたって、次のような基本的方針を示しておく。

2.1 漢字語の選定

ⓐ まず『韓漢』(全四巻)の約十五万語と『日葡』索引の語彙とを、一語一語丁寧に照らし合せて、その中から同じ字面の二字漢語を抽出した。

ⓑ 人名・地名・人の字・人の号などは省くことにした。

ⓒ 抽出した漢語の意味項目が複数の場合、そのうちで人名・地

5) 本稿では漢字語、あるいは漢語という二様の述語を併用するが、日葡辞書を含めて日本文献から採集した字音語は、漢語と称する。

6) 固有漢字語とは、同じ字面の語が日本と中国の文献に見える場合でも、韓国語での意味用法が日本語・中国語のそれとは全く異なるものを表わす。

名・人の字・人の号などは省いて記した。

ⓓ 日本と韓国、それぞれ特有の歴史的背景を持つ語は省くことにした。

2.2 固有漢字語認定の裏付けの手順

まず『韓漢』に収録されている語が固有漢字語であるか否かを確かめるために、次のような検討の過程を経た。

第一に、『韓漢』の意味記述と『日葡』のそれとを照し合せて、意味の異同を調べた。

第二に、第一の調査結果によると、両辞書の意味は、一般に、

① 同じか、またはきわめて近いもの。(S)

② 一部重なってはいるが、両者の間にずれのあるもの。(O)

③ 著しく異なるもの。(D)

という三つのパタンが見られるのである。が、ここでは①②に当たる漢語のみを選び出して検討していく。

第三に、抽出した漢語は、中国文献のうち、とりわけ『佩文韻府』『騈字類編』『漢語大詞典』などに収録されているかどうかを調べた。

第四に、第三の文献に未収録の語については、諸橋轍次『大漢和辞典』(以下『大漢和』と略称する)、小学館『日本国語大辞典』(第二版)(以下『日国(二版)』と略称する)、節用集などの古辞書類、キリシタン資料に載録されているかどうかを調べることにした。

こうした点を踏まえて,

まず、両辞書での同じ字面の二字漢語のうち、①②に当たる語にはどんなものがあるか。

次に、両辞書での意味が同じか、または、一部重なっている場合、そうした語を固有漢字語として認め得るか否か、といった点を中心に考察していきたい。こういう考究は、結局望ましき固有漢字語辞典のあり方とは何か、という問題にもつながるであろう。

3. 両辞書における同じ字面の二字漢語

第二の、①(S)と②(O)に該当する語例を『韓漢』(巻一～巻四)の語の配列順に従って、次に例示するが、③の(D)にあたるものは[表1]に、その語数のみを示しておく。

[巻一][7]

①（31語）

七道 中宮 中米 主客 五労 京中 人物 仏供 仏国 使僧 八旬 兵船 勅使 勅書 労傷 勝劣 北闕 半分 南殿 合壁 唐物 唐人 国命 圓豆 団子 城内 壁書 外僧 夜叉 大犯 大船

②（2語）

中分 同生

[巻二]

①（28語）

宗廟 客船 密通 将棋 小島 小船 山下 干満 年貢 度度 座具 式目

7) [巻一]において、拙論(注2参照)での調査結果(特にOとDにあたる語数)と、今回のそれとの間にずれのあるのは、暗示的意味は考慮せず、明示的意味のみをとって類別したからである。

愚頑 懸壅 振鈴 捨離 数多 文台 文武 晩後 書写 有職 本病 村長
東宮 東司 松子 極熱
② (6語)
寺社 将軍 尊前 挙状 書状 木棉

[巻三]
① (60語)
歌童 歌人 正法 武家 歳末 死脈 残暑 残食 水精 沙鉢 法席 洛中
洗濯 海夫 添補 漁夫 漢文 烽火 無塩 煎盤 牧丹 犯用 狼煙 猪鹿
男根 畢竟 当番 畿内 白鹿 白礬 白魚 直路 直子 石花 破屋 禁闕
禅宗 私物 絃管 経几 罪犯 着船 着衣 老後 聖衆 胡麻 脚絆 腹中
自売 自作 旧友 船頭 草案 菜刀 落涙 落馬 万代 薬籠 薬水 鱸魚
② (25語)
次官 歌曲 水団 江魚 泥仏 物怪 玉色 玉笛 現世 発起 白頭 白鵝
白布 直裰 瞿麦 知徳 短衣 石蜜 神麹 禅師 礼状 礼参 竹木 落書
落着

[巻四]
① (39語)
行徳 行力 行幸 要文 謀乱 諸根 貪着 買得 路中 追加 追善 連判
造悪 通事 道俗 遊山 遊翫 遍身 遷流 還御 還幸 隣里 金風 銀鋮
鐘愛 鉄弓 鉄丸 防風 隔日 鶏子 霖雨 頭上 頭人 養母 養父 余寒
饒舌 香炉 馬皮
② (21語)
虎鬚 行歩 表紙 親子 調達 諸学 遠慮 医師 医学 門中 闕字 障子

雑談 青瓷 青皮 面面 風流 風聞 食味 首座 黄衣

上の結果をまとめて示すと、[表1]のようである。

[表1]

	巻一	巻二	巻三	巻四	計
S	31	28	60	39	158
O	2	6	25	21	54
D	187	87	80	73	427
S+O=X	33	34	85	60	212
S+O+D=Y	220	121	165	133	639
D/Y(%)	85.00	71.90	48.48	54.89	
X/Y(%)	15.00	28.10	51.52	45.11	

[表1]において、両辞書での意味が同じか、または一部重っている語の数をXとし、同じ字面の二字漢語の総数をYとする。

すると、Yに対するXの割合は、巻一と巻二がそれぞれ15%、28.1%とあり、巻三(51.5%)・巻四(45.1%)より低いことが知られよう。また、両辞書に見られる同じ字面の二字漢語のうち、その意味が著しく異なる語の割合は、巻一(85%)・巻二(71.9%)・巻三(48.5%)・巻四(54.9%)とあり、巻三・巻四に比して巻一・巻二の方が高いことを解する。

4. 固有漢字語認定の是非について

朝鮮語における漢語について、河野六郎氏[8)]は、朝鮮語中の漢語にはおよそ三つの種類がある。第一は古典的漢語、第二は中国語俗語からの借用語、そして第三は日本製漢語である。

と述べられており、また沈在箕氏[9]は韓国漢字語の系譜を、次のように分類しておられる。

i 中国古典に由来するもの。
ii 中国を経由した仏教経典から出ているもの。
iii 中国の口語、すなわち白話文に由来するもの。
iv 日本で造られたもの。
v 韓国で独自に造られたもの。

上の分類のうち、固有漢字語というのは、要するに「Ｖ」にみるように「韓国で独自に造られたり、あるいは独自の意味用法を持つ語」なのである。それ故、河野氏の三つの分類を含めて「Ｖ」以外の系譜に属する語は、厳密に言うと固有漢字語として認めるわけにはいくまい。

まず、両辞書において特徴的と見られる語を取り上げ、その意味記述を調べるが、『日葡』について松岡洸司氏[10]は、

日葡辞書の意味の記載について検討するなら、一層外国人に対して日本語の意味を伝える重大な辞書であったことが理解しえるにちがいない。

---

8) 河野六郎(1962)「中国語の朝鮮語に及ぼした影響」言語生活129号, p.50
9) 沈在箕(1982)『国語語彙論』ソウル, 集文堂, pp.48～49
10) 松岡洸司(1988)「日葡辞書の語彙の意味分析ー体言についてー」上智大学国文学科紀要第5号, p.110

と述べられており、それは当時としては劃期的な辞書であったと言えよう。

次に、両辞書における意味が同じか、または一部重なる語については、それ以外の日本や中国の文献と照合して検討を施す。

日本文献のうち、特に三省堂『時代別国語大辞典』室町時代編(以下『時代別』と略称する)の意味記述を参照する際には、それぞれの文頭にアステリスク(*)を添えて明らかにした。

4.1 Sに該当する語の検討

○中宮

(日) 王妃の居る所、また、王妃自身の意味にも用いられる。

*ちゅうぐう[中宮] 皇后と同格の、天皇の正妃。また、その御所。

(韓) 「中宮殿」(皇后を高めて呼ぶ言葉、または皇后が居る殿閣)に同じ。

(漢) ①皇后の居る宮殿、又、皇后。漢代に始まる。②中央の位。五行の土をいう。③星の名。北極星をいふ。④宮にあたる。律呂の中の宮声に合する。

漢籍での意味記述は、主に『大漢和』[11]のそれによるものであるが、そのうち、①は日本語と韓国語の意味にほぼ同様であることが知られよう。中宮のように漢籍にその用例があり、かつ韓国語のそれと同義の場合は、固有漢字語としての認定を一応留保する。

○使僧

11) 『大漢和辞典』(大修館書店, 1985年)の意味記述を参照する場合、固有名詞や日本文献にかかわる意味項目は、除くことにした。

(日) 使者の僧,あるいは,使節の僧.

＊しそう[使僧] 使いとして派遣される僧。

(韓) 使者の任務を担った僧.

使僧という語は『佩文韻府』など、漢籍にその語例を見出し得ないが、『日国(二版)』には、

使いとして参上する僧、使いとして派遣される僧。使いの僧。

とあり、万葉集・太平記・中華若木詩抄・歌舞伎などの用例が示されている。その他、節用集にも用例が見られるので、示しておく。

使僧　ツカイ・スミゾメ.ヨステビト (文明本)
使僧　シソウ (節用集大全・書言字考)

一方、韓国語の用例としては『増補文献備考』[12]に、

辛禑時, 日本使僧良柔, 齎書来言, 我西海九州乱臣, 割拠二十余年(後略)

とあるが、初出の時点から考えると、韓国語の使僧は、日本語のそれに比してかなり後れて見えてくるのが分かろう。こうした点から推察すると、使僧は日本からの借用語の可能性が高いように思われる。

○勝劣

12) 『増補文献備考』(1908年刊)は、朝鮮の上古から朝鮮時代末まで文物・制度の沿革を主題別に叙述したものである。

(日) まさり越えるのと越えられるのと.すなわち,一段すぐれたのと一段劣ること。

＊しょうれつ[勝劣]　①相対する双方の間で、どちらが優位を占め、どちらが劣位置かれるかということ。②対照的な二つの間にみられる、格差。

(韓) 優劣

勝劣という語は、漢籍にその例を見出しえないが、次のような文献にその用例が見られる。

・勝劣遥にして天と地の如し（真如観）
・給主上御判互可決勝劣（江談抄）
・仰侍臣令新菊花各十本分一二番相争勝劣（古今著聞集）
・功徳寺と云ふは、日蓮宗しかも勝劣にてかたき事石のごとく（浮世草子）

また、古辞書類では、

勝劣　ショウレツ（色葉字類抄）
勝劣　マサル・タヘタリ.ヲトル（文明本）
勝劣　ショウレツ. 又云.優劣（書言字考）

とあるので、勝劣という漢語は平安中期頃から用いられたのではないかと思う。

韓国語の勝劣は『補閑集』(1254年刊)に、

官至学士, 秉筆汗顔, 何足文章之勝劣, 妄為筆舌哉.

とあり、管見の限り日本語の勝劣より、約一世紀位後れて現われるのである。

こうなると、勝劣は日本語起源の借用語の可能性もあるが、そう簡単に断定してしまうわけにはいかないと思う。何故なら、ある漢語の借用の問題は必ずしもその語の初出の時点に限るべきではなく、両国間の歴史的背景をも考慮して総合的に判断しなければならないからである。

要するに、勝劣はそういう観点から判断すべきものであり、また当時は両国間の交流がそれほど頻繁ではなかったという点を考えると、やはり固有漢字語としての可能性の余地は残っている。

○夜叉

(日) 鬼の類.恐ろしい形相をしてあらわれる悪鬼の一類。

＊やしや[夜叉] [梵語 Yaksaの音訳] 仏教語。暴悪・醜怪なインドの鬼神。仏教では八部衆の一で「羅刹」と共に北方を守護する。「夜叉神」(ヤシャジン)とも。

(韓) 猛猛しい悪鬼の一類。

「夜叉」は、新版『禅学大辞典』[13]に、

> 梵yaksa巴yakkha音訳薬叉・閲叉とも.意訳勇健・捷疾・能敢・傷者・威徳.八部衆の一.羅刹rakasaと併称される.威勢あって人を傷害し噉うなどの暴悪を事とする鬼類であって,「智度論」や「注維摩詰経」には、天夜叉・虚空夜叉・地夜叉の別があるとされる.

とあり、韓国語の夜叉は、仏典から出ていることが知られよう。

---

13) 駒沢大学内禅学大辞典編纂所(1978)新版『禅学大辞典』大修館書店

よって、夜叉は固有漢字語としての資格を失っていると言えよう。なお「夜叉」と同様の仏教関係の漢語を例示すると、次のようである。

仏供 仏国 座具 振鈴 東司 現世 禅師 禅宗 礼参 経几 行徳 行力 貪着 諸根 追善 遊山 (16語)

◯懸壅

(日) 口の中ののどびこ

*けんゆ[懸壅]「けんよう」の転か。「Qenyu(ケンユ)。口の中ののどびこ」

(韓) のどびこ

懸壅という語は、『佩文韻府』や『騈字類編』などの漢籍にはその例を見出しえないが、日本文献には次のように示されている。

Qenyu. Campanillas de las bocas (1630年マニラ版『日西辞典』)
Uvula, s. 喉風 (『英和対訳袖珍辞書』1862年)
KENYOSUI ケンヨウスイ 懸壅垂 n. The uvula; i.q. nodo-no-biko(『和英語林集成』第三版,1886年)
Uvula 懸壅垂 (伊地知英太郎・新宮涼園纂輯『袖珍医学辞彙』1886年)
Uvula 喉嚨丁.小舌.弔鐘.ヒコ.hiko. (訂正『英華和訳字典』1894年)

一方、韓国語の懸壅は『広才物譜』(19C末~20C初)に、

懸壅 のどびこ

という語が見られるが、用例は示されていない。そこで『広才物譜』の解説[14]を、次に紹介しておきたい。(和訳は筆者による)

> この本は漢字語彙に限るものの、非常に尨大な語彙を収載している。また、漢字語彙を説明した韓国語語彙は、当時の言語研究に大切な資料提供しており、特に借用語及び外来語の研究にも貴重な資料となる。(下線は筆者による)

この解説は「懸壅」が日本語起源の借用語である可能性のあることを示唆しているものと思われ、興味深い。

○脚絆[脚半]

(日) 膝からくるぶしまでの間を覆う、旅行用の一種の半ズボンのようなもの。

＊きやはん[脚絆]旅行の際などに、脛に巻いて、歩きやすくする布。「はばき」。

(韓) 下半身を楽にするために、足首から膝までの間を覆ったり、巻いたりする布。脚脛布。

脚絆という語は、漢籍ではそれをを載録していないが、『大漢和』に、

> はばき。脛衣.脛巾。行纏。「和漢三才図会, 衣服類, 行縢」俗云脚絆。

という記述が見られる。その他、運歩色葉集・元和本下学集などの古辞書類や節用集類からも、その例を見出し得るのである。

一方、韓国語の脚絆は、上のごとき意味記述が存するのみで、その用例を示す文献は、全く見当たらないのである。すると、脚絆は日本

14) 国語国文学編纂委員会編(1994)『国語国文学資料辞典』上, 韓国辞典研究社, p.283

語起源の借用語の可能性がさらに高くなり、逆に韓国固有漢字語である確率は、一段と低くなると思われる。

4.2 Oに該当する語の検討

○白布

(日) 日に曬して漂白した日本の麻布。

*はくふ[白布] → しろぬの

しろぬの[白布] 白い晒の布。

(韓) ①白い布地、または、麻布や木綿。②紵で織った布。③官職に就いてない平民。

(漢) しろぬの。晒布。(大漢和)

長松樹下小谿頭, 斑鹿胎巾白布裘. (白居易, 詩)

韓国語の白布は、日本語及び漢籍での意味とほぼ同義であると思われるが、③は『韓漢』に、

> 凡私学, 文宗朝, 大師中書令崔冲, 収召後進, 教誨不倦, 青衿・白布, 塡溢門巷. (高麗史74,選挙志,学校)

とあり、韓国特有の漢字語であることが確かめられよう。

要するに、白布は③の意味に限って言えば、韓国固有漢字語としての資格を持するのである。

○直裰(直掇・直綴・直𧝷)

(日) (直綴) 坊主が上に重ねて着る着物、または僧衣。

*ぢきとつ[直綴] 本来別別のものであった偏衫(上衣)と裙(下袴)とを綴じ合せた僧衣。

(韓) 「道袍」の別称。または直裰.。

もう少し語義が分かりやすくするために、直裰と道袍という二語について、『大漢和』の意味記述を示しておく。

○直裰

古、燕居(くつろいで休息する)の服。袖は黒布で縁をとって大きく、下に襴を加へ、前に二つの長帯を繋いだ道袍。又、僧衣。ころも。ぢぎとつ。無線道者,

則謂之道袍, 又曰直綴。 (觚不觚録)

○道袍

①古、家の内にくつろいで居る時の服。一名、直裰。②道士の服。

まず、韓国語の直裰は、李瀷(18c末)『星湖僿説』に、

古之道服, 東俗所謂道袍也, (中略)隋・唐之 翼, 今号直裰, 即古逢掖也.

とあり、道服(法衣)や「逢掖之衣」(儒者の着る、袖の広い衣)の意であることが知られよう。つまり、法衣という意味においては、日本語や漢籍のそれと重なるが、逢衣の意は韓国特有のものと考えられる。

次に、道袍という語を吟味するが、こういう見出し語は『韓漢』には見えないのである。今日韓国語の道袍は、一般に「上着の上に着る袖が広くて長い男子の礼服」の意として用いられていて、「燕居の服」とか「法衣」などの意味は存しないのである。また直裰という語は、日常

語として使用されることが殆んどなく、道袍がその座を占めているものと思われる。

ということは、現在韓国語の道袍は「法衣」や「燕居の服」の意味が薄れてきて、特別の日(例えば祖先の祭祀を行う時)に着る男子の礼服(逢掖之衣)の意に転じたと思われる。

直裰と道袍、という二語の意味変化をまとめて示すと、[表2]のようである。

[表2]

	中国語	日本語	韓国語
直裰	① 燕居の服 ② 法衣(仏教)	① × ② 僧衣(仏教)	① × ② 法衣(仏教) ③ 逢衣(儒教)
道袍	① 燕居の服 ② 法衣(仏教)	***	① × [現代語] ② 法衣(仏教) → × ③ 逢衣(儒教) → 逢衣(儒教)

(注)「×」はそれに該当する意味項目が存しないことを示し、「***」は「道袍」という見出し語が見当たらないことを表す。

[表2]の直裰と道袍、という二語について、もう少し敷衍して述べておきたい。

まず、中国語での直裰と道袍は、いずれも「燕居の服」(今日の普段着のようなものか)の意として使用されたようであるが、これは日本語と韓国語には見られない中国特有の意味のようである。また、宗教的には韓国語に見られるような儒教の「逢衣」の意は存しないようで、主に仏教の僧尼が着用する衣服(法衣)を表わしている。

次に、日本語の場合、直裰という語は見えるが、道袍は管見の限り日本の文献に見出し得ないのである。意味において直裰は「燕居の服」

の意として用いられることはないようで、専ら僧衣の意に使われたようである。

第三に、韓国語の文献では、直裰と道袍いずれも採集できるが、意味用法の面では日本語と中国語のそれとはやや異なる部分もないわけでない。例えば、法衣(僧衣)は直裰の意味として、日・中・韓に共通して見られるが、逢衣は韓国特有の意味のようである。これはまさに韓国独自の文化的・社会的背景を持って生まれた意味用法のようで興味深い。

特に韓国語の道袍の場合、中世頃までは仏教と儒教の衣服の意として用いられたようであるが、今日は専ら「儒教の衣服」という意に限って使われているのである。

5. おわりに

これまで『日葡』と『韓漢』に収載されている同じ字面の二字漢語のうち、その意味が同じか、または一部重っている語を中心に考察してきた。その結果をまとめて示すと次のようである。

中宮のように漢籍にそうした語例があり、かつ韓国語のそれと同義の場合は、固有漢字語として認めるべきであろう。

夜叉のように元々仏教経典から出ているものは、固有漢字語として認めるわけにはいくまい。

漢籍にその語例を見出しえない場合は、次の如き判断も可能であろう。ある漢語の初出の時点から判断して、韓国漢字語が日本語のそれより相当後のものであるなら、それは日本語起源の借用語とみて差し支えないであろう。

ある漢語の借用の問題は、必ずしもその語の初出の時点に限るべきではなく、両国間の交流の程度や歴史的背景をも考慮して総合的に判断しなければならないと思う。

脚絆のように『韓漢』にその意味記述が存するのみで用例がなく、いかにも日本の文化的産物じみている語は、日本語起源の借用とみてもよかろう。

白布と直裰のように、その意味が一部重なってはいるが、ずれのある語に対して、もし固有漢字語としての資格を与えようとするなら、その意味項目のうち、同義のものは除き、ずれのある部分のみを示すべきであろう。

参考までに、固有漢字語辞典のあり方について、いささか愚見を述べておきたい。

第一、固有漢字語辞典は韓国で独自に造られ、かつ韓国語独特の意味を持った漢字語を収載すべきである。

第二、韓国の漢字語と同じ字面の語が日本語や漢籍に存する場合でも、その意味は韓国語にだけ見られるもの。

第三、ある漢字語の初出の時点から判断して、日本語と漢籍のそれよりも何世紀も先のものであるなら、固有漢字語の範疇に属すると言えよう。何故なら漢字は元来中国の文字ゆえ、中国人のみならず日本人が新しい思想や物事を表すための手段と必要によって、韓国語の影響を一向に受けずに造語されて、韓国語のそれと同様のものが自ずと生ずる可能性も十分予想できるからである。

以上の如き条件を満しているとすれば、一応固有漢字語辞典としての資格を持すると言えよう。

第三章
『日葡辞書』と『韓国漢字語辞典』における漢語
–「御」を冠する語を中心に–

1. はじめに

日本語における御は、一般に敬語の接頭辞として知られていて、韓国語においてもそれはほぼ同様のようである。日本語の場合は、既に御をめぐって多くの論客が銘々さまざまな見解[1)]を示しているのに対して、現に両語での御を冠する漢語の意味や、語彙分類に関する論はあまり見当らないようである。

そこで、本稿では『邦訳日葡辞書』(以下『日葡』と略称する)と『韓国漢字語辞典』(以下『韓漢』と略称する)に見られる御を冠する漢語[2)]をすべて抽出し、それらがそれぞれ如何なる意味を持っていて、どのように分類できるのか。また、語彙分類による両辞書それぞれの特徴と異同は何か、といった点を中心に考察していきたい。

---

1) 佐藤喜代治編(1983)『語彙研究文献語別目録』明治書院 p.52, p.114, p.133
2) 韓国語の場合も日本語と同じく「漢語」という述語を用いるが、それはどこまでも考察の便宜上、述語の統一のためであり、実際は「漢字語」というのがより適切な言い方であろう。

2. 考察の原則と進め方

考察に当たっては、次のような原則に従って進めることにする。

① 『日葡』での御を冠する漢語は、原則として御の字音(ゴ・ギョ)に読まれるもののみを抽出した。

② 漢語であるか否か、という判定は、久松潜一監修(1989)『新潮国語辞典』(新潮社)による。

③ 漢語の語彙分類は、できるだけ国立国語研究所(1964)『分類語彙表』(秀英出版)に従って類別した。

④ 漢語の意味記述を行う際には、地名・城名・官名・官庁・書名に当たるものは、省いて示した。

3. 御の読みと意味について

「御」の字については、『玉勝間』第十四巻[3)]に、

> 御の字のこと、もろこしにては、その国の王のことならではいはず、臣下にいへることなし、此字すなはち王の事をさしていへるが如し、皇国にては、ミといふに此字をあてたれど、もとより下々にても尊みて広くいふ言なり、大御といふぞ、大かた天皇にかぎりていへる、神に申すは、すべて天皇とひとしく、御妻を后、御行を幸といふ類なり(下略)

3) 日本思想大系(1978)『本居宣長』岩波書店, pp.466～467

とある。この記述内容によってわかるように、本居宣長は御の和訓について触れているが、その字音に関する言及は見られない。また、下略の部分には「オ」が「オホミ」より生じたという説明が続いている。

御の字の読みについては、吉岡郷浦『文語口語対照語法(修正版)』4)に、

> 文語の尊敬の意を添へる接頭詞の主なものは「おほ(大)」「み(御)」「おほみ(大御)」「おほん」「おん(御)」「お」「ご(御)」「ぎょ(御)」などであります。

とあり、御は「み・お・おん・ご・ぎょ」のように、五通りの読み方があると思われる。ここでは、先述のように「ゴ」「ギョ」と読まれる漢語のみを取り扱うことにする。

「ご」と「ぎょ」は『大言海』に、次のように示されている。

> ご(接頭)
> 御[漢字の御(ギョ)の意ハ、天子ノ事ニ限レド、我ガ国ニテハ、敬語ノみ、おに借リテ用ヰルナレバ、妨ゲナシ、御(ギョ)ノ条ヲ見ヨ]ミ。オン。オ。御(ギョ)物事ニ冠ラセテ、敬ヒテ云ヒ、丁寧ニ云フ語。(下略)
>
> ぎょ(接頭)
> 御(上略)(一)天子ノ御物事ニ被ラセテ、尊ビ申ス語。オホミ。オホン。オン。オミ。御衣。御感。御製。(二)常ノ人事ニモ、敬ヒテ云ヒ、丁寧ニ云フニ用ヰル。コレハ、お、みニ、御(ギョ)ノ字

4) 吉岡郷浦(1926)『文語口語対照語法(修正版)』光風館書店, pp.25~26

ヲ充テテ音読スルノミ、天子ノ御ニ関係ナシ。御意。御慶。

こうした『大言海』の意味記述から見て「ご」「ぎょ」の用法は、御の字の和訓(み・お・おん)のそれとほぼ同様のように思われる。このことは「ぎょ」の項に「コレハ、お、みニ、御(ギョ)ノ字を充テテ音読スルノミ」という所からも察し得るであろう。

4.『日葡辞書』における語例

ここでは『日葡』での御を冠する漢語とその意味を示すが、その配列は二字漢語、三字漢語、四字漢語の順に並べることにする。語彙分類は御の字が敬意を持っているか否か、という点が中心となり、その他のものは、概ね前記の『分類語彙表』の基準に従って類別した。

分類項目は見出し語の右の括弧の中に示すが、その項目が二つある場合は、見出し語の前にアステリスク(*)を付して区別した。

貴人・君主・敬意……、といった分類項目は、それぞれ貴・君・敬などのように語頭にあたる字をとって略記する。ただし、神という分類項目は一字だけなので、そのまま示すことにした。

4.1 二字漢語(47語)

御恩(救) 大きな恩恵。

御器(食) (五器) 飯を盛って食べる木製の椀。

御形(植) ある草。

御供(神) 神に供える食物。
御後(君) 国王の居る座敷の背後の方に。
御幸(君) 年老いた国王、あるいは、すでに即位した国王[上皇]の外出、他行。
御骨(貴) 聖者や貴人の骨、あるいは、骨格。
御座(貴) 貴人の座っている座席、あるいは、その場所。
御作(様) たとえば、うまく言いまわした文句などのように、巧妙なもの。また、立ち毛、作柄。また、工作物、または、仕事。
御酒(敬) 酒の尊敬した言い方。
御書(君) 公方、屋形、あるいは、身分の高い主君の書状。
御所(君) 公方、または、すでに隠居した国王[上皇]の宮殿。また、公方自信をさす。
御状(貴) 貴人の書状。尊翰。
御諚(貴) 貴人の命令。
御前(貴) 貴人の前。尊敬の意を示すために、特に婦人の名前に添える語。
御膳(貴) 高貴の人に供える食物の載った食卓[膳]。
御亭(夫) または、御亭主とも言い、むしろその方がまさる。家の主人。すなあち、家の主。または、亭主。
御殿(君) 国王の宮殿。
御脳(君) 国王の病気。
*御廟(神/貴) 神や高貴な死者の墓。
御辺(敬) 貴所に同じ。あなた。
御方(敬) おん方。同上。
御幣(神) 紙を切って一本の細い棒につり下げたもので、異教徒が神のでの儀式に用いるもの。
御報(尊) 尊敬すべき人へ送る、手紙による返事。
御坊(敬) 坊主、すなわち、宗教家[僧侶]。尊敬した言い方。
*御免(植) 婦人用の単皮や手袋を作るのに用いる、柔らかで紫色をしたある種の草。
(貴) 貴人が与える許し。
御物(貴) 貴人の着物などを納めておく四角な大箱の一種。また、貴人の家具、あるいは、財物。
御用(尊) 尊敬すべき人の必要とするもの、または、用事。
御覧(貴) 貴人が見ること。
御領(貴) 貴人の領地、または、財産。
御意(貴) 貴人の命令。
御衣(君) 国王の着物。
御宇(君) ある国王の時、または、代。
御暇(尊) 時間的余裕、あるいは、用事のない時の意で尊敬すべき人について言う。
御駕(貴) 高貴の方の輿。
御感(君) 主君がその家来のした何事かに満足し喜ぶこと、また、それを褒めること。
御慶(言) 喜びや祝いの気持ちなどを述べたりするのに用いられる言葉。
御剣(君) 国王、または、公侯の剣。
御札(敬) 尊敬して言うところの書状。
*御舟(君/尊) ある主君とか尊敬すべき人とかが乗っていく舟。
御出(君) 国王、または、公侯の外出・他行。

御寝(尊) 尊敬すべき人が眠ること。

御製(君) 国王の作った詩、あるいは、歌。

御盃(貴) 貴人の盃。

御簾(貴) すなわち、貴人の所の戸口や窓の内に垂らす簾。

御面(敬) 御面前の意で、話題にしている人を敬って言う。

御影(敬) 画像の尊敬した言い方。

4.2 三字漢語(11語)

御供所(神) 神に供える食物を作る所。

御公役(君) 主君の命によって勤める義務的な奉公。

御公領(君) すなわち、君の御知行。主君が家臣に配分しないで、自分自身に充てた知行、すなわち、領地。

御苦労(敬) 苦労・難儀の意を尊敬して言う語。

御亭主(夫)「亭主」に同じ。

*御廟所(神/貴)「御廟」に同じ。

御本所(貴) 最初の所、昔の場所。また、一般の公家をよぶ名前で、御本所というように、必ず御をつけて用いられる。また、上では、本所はある地所とか家屋とかの借料・年貢を納める相手たる領主権の所有者を言う。

御寝所(尊) 尊敬すべき人の寝所、または、寝床。

御料所(君) 王位に属する領地、すなわち、国王私有の領地や土地。

御料人(貴) 貴人の娘とか、貴人ほどではない人の娘とかを尊敬して言う。

御簾中(貴) 奥方、すなわち、屋形、あるいは、大身の殿の夫人。

4.3 四字漢語(1語)

御祈願所(君) 国王の造った、すなわち国王が命じて建立させた寺。

以上のことをまとめて示すと、次の[表1]のようである。

[表1]

区 分	二 字	三 字	四 字	小計	区 分	二 字	三 字	四 字	小計
貴 人	15	4	0	19	植 物	2	0	0	2
君 主	13	3	1	17	救 護	1	0	0	1
敬 意	7	1	0	8	食 器	1	0	0	1
尊 敬	5	1	0	6	様 相	1	0	0	1
神	3	2	0	5	言 語	1	0	0	1
夫 婦	1	1	0	2					
合 計	44	12	1	57	合 計	6	0	0	6

(注)尊敬というのは、尊敬すべき人のことを表わす。4.1、4.2での語例の数と、[表1]でのその数とにずれがあるが、それは「御廟」などのように、分類項目が二つある場合の数をも含めているからである。

[表1]によって、次のようなことが知られよう。

語彙分類は、11項目に類別しているが、そのうち「貴人・君主・敬意・尊敬・神」は、いずれも敬意に関わるものだから、一つにまとめて考えても構わないであろう。漢語の構造においては、二字漢語が50語(79%)もあり、その次に三字漢語、四字漢語がそれに続いている。

御が漢籍では王のことに用いられるのに対して、日本語では敬意を示すべき対象(例えば貴人・君主・神・尊敬すべき人)だけでなく、日常の物事に対しても広く使われていることが分かろう。

5.『韓国漢字語辞典』における語例

ここでは『韓漢』での御を冠する漢語とその意味を示すが、その配列は二字漢語、三字漢語、四字漢語……の順に並べることにする。語彙分類の基準と分類項目の示し方は、『日葡』のそれと同じ方法で行った。

御を冠する語のうち、地名・城名・官名・官庁・書名、といった分類項目にあたるものは、除外することにした。

君主・住居・天体……、といった分類項目は、それぞれ君・住・天などのように語頭にあたる字をとって略記する。(韓国語の和訳は筆者による)

5.1 二字漢語(64語)

*御間(君) 国王のみが使うひと間、または、戸口。
(住) 寺の法堂、又は、大きな部屋の真ん中にある間。
御甲(君) 国王が着る鎧。
御耕(君) 国王が籍田に出て、自ら田圃を耕し、また植えること。親耕。
御考(君) 国王が自ら察し、問いただすこと。
御庫(君) 国王が私的に使う宮闕の中にある倉庫。
御供(君) 国王の供用。
御教(君) 国王が下した命令。
御橋(君) 国王のみが渡る橋。
御裘(君) 国王が着る毛衣。

御女(天) 星の名。軒轅の第14星である女主の下にある小さな星。女御。
御纛(君) 国王の出御の際に、大駕の前に立てる旗の一つ。
御理(君) 国王が国と民を治めること。
御履(君) 国王が履く履物。
御笠(君) 国王がかぶる冠。
御幕(君) 国王が臨時に泊まる所に張る帳幕[天幕]。御幄。
御網(君) 国王がかぶる網巾。
御妹(君) 国王の妹。
御麦(植) 麦の一種。
御命(君) 国王の命令。
御門(君) 国王のみが出入りする門。
御物(君) 国王が使う物。
御米(植) 芥子(罌粟)の種。
御宝(君) 国王の玉璽と玉宝。
御譜(系) 王室の系図。
御批(君) 上疏に対する国王の答え。批答。
*御史(君/官) 地方政治を視察するため国王が秘密に派遣した臨時の官吏。
御射(君) 国王が弓を射ること。
御賜(君) 国王が臣下に物品を下賜すること。
御床(君) 国王の食事を整えるお膳。国王の寝床。
御膳(君) 国王に差し上げる食膳。
御洗(君) 国で行う祭祀の際に、国王が手を洗う所。
御需(君) 国王が食べ、また着るのに使われるいろんな物品御乗(君) 国王が乗る車と賀籠をいう。

御室(君) 国王が暫く泊まり、休む部屋。

御幄(君) 国王が臨時に泊まる所に張るとばり。

御押(君) 国王の花押を彫った判子。

御薬(君) 国王が服用する薬。

御醞(君) 国王が飲む酒。

御用(君) 国王が使うこと。

御容(君) 国王の顔。

御轅(君) 国王が乗る車。

御匜(祭) 祭器の一つ。

御印(君) 国王の判子。

御蹟(君) 国王の筆跡。

御田(君) 国王が自ら耕す田畑。

御井(君) 国王が飲む水を汲む井戸。

御幀(君) 国王の肖像。

御題(君) 国王が自ら科場に出て出す文章の題。

御厨(君) 国王の食事の用意をする台所。

御真(君) 国王の肖像画。睟容。

御進(君) 国王に物を差し上げること。

御倉(古) 朝鮮時代、御営庁所属の倉庫。御倉庫。

*御帖(君) 国王の名刺。

(古) 耆老所に保管した国王の入社帖。

御牒(君) 王室の系譜を簡略に記した本。

御胎(君) 国王の胎。

御判(君) 上奏した案に対する国王の判決。

御牌(君) 国王が下賜した牌。
御下(支) 目下の者を治めること。
御翰(君) 国王が書いた文章。
御香(君) 祭祀の差、国王が下賜する香。
御鄕(君) 国王の祖先が生まれた所。即ち、璿源大鄕、皇妣の内外鄕、皇祖妣・皇曾祖妣の内外鄕、王妃の内外鄕をいう。
御花(君) 祝宴の時、国王に捧げる花。
御畫(君) 国王が書いた絵。
御諱(君) 国王の名前。

5.2 三字漢語(36語)

御車勢(武) 鋭刀を使う姿勢の一つ。
御軍幕(君) 国王が行幸の途中に休む幕営。国王の車が泊まる幕次。
御圈子(植) 菊の一種。
御内室(借) 昔、日本の関白以下各州太守の妃嬪を称する言葉。
御耒耜(君) 国王が籍田を耕す時使う犁。
御留花(植) 海棠花[浜梨]の別称。
御笠匠(君) 御笠を作る仕事に携わる職人。
御馬鞭(植) 蜆花の別称。
御網匠(君) 御網を作る仕事に携わる職人。
御米稲(植) 稲の一種。
御米粥(食) 罌粟の実を竹瀝に加え、米を入れて炊いた粥。
*御飯米(君) 国王の飯を炊くのに用いる米。
(植) 遅く実る糯米の一種。

御房帳(君) 国王が臨時に泊まる部屋に張るとばり。
*御白米(君) 国王に捧げる白米。王白。
(植) 稲の一種。色が白い。老人稲。
御服馬(君) 国王が乗る馬。
御分田(君) 国王所有の田畑。
*御賜花(君) 国王が文科・武科に及第した者に下賜した紙製の造花。
(植) 宮中宴(進饌)の際、臣下たちが紗帽に挿した花。
御書閣(君) 国王が書いた筆跡や書籍を保管した殿閣。御筆閣。
御書房(君) 国王が書いた筆跡や書籍を保管した部屋。
御膳所(運) 漁船を作った所。
御乗馬(君) 国王が乗った馬。
御愛松(植) 朝鮮正祖の際、ソウルの於義洞、南怡将軍の家の敷地にあった言われる松。
御愛黄(植) 菊の一種。芍薬の一種。
御営軍(古) 朝鮮時代、御営庁に所属した軍隊。
御衣襨(君) 国王の衣服。「衣襨」をさらに高めて言う語。
御衣黄(植) 菊の一種。芍薬の一種。
御在所(君) 国王の居る御殿。
御斎室(君) 国で行う祭祀の際、国王が泊まる斎室。
御正鼓(君) 行幸の際、国王の居所に置いて打つ鼓。
御貼紙(君) 御帖を作るのに使われる紙。
御筆閣(君)「御書閣」に同じ。
御筆帖(君) 国王の筆跡を集めた本。
御許郎(楽) 科挙に及第した者が遊街する際に、唱夫が先頭に立って、舞いながら大声で発する言葉。
御題筒(君) 御題を入れる筒。
御厨物(君) 御厨に置いてある物品。
御倉庫(古) 「御倉」に同じ。

5.3 四字漢語(16語)

御街行令(楽) 楽曲名。高麗時代、宋から入った唐楽の一つ。孤鴈児。
御考恩賜(古) 朝鮮時代、国王が自ら成均館・四学の居斎儒生に講書・製述に関する試験を行い、式年文科会試や初試の応試資格を与えること、又は、その資格を獲得した人。
御考初試(古) 「御考恩賜初試」の略称。
御舞祥審(君) 新羅時代、憲康王鮑石亭に出御した際に、南山の神である祥審が国王の前で踊ったと言われる舞。
御舞山神(君) 「御舞祥審」の略称。
御方渇水(飲) 咽が渇いた際に飲む清涼飲料の一つ。
御史別単(文) 御史が国王に差し上げる別単。
御史書啓(文) 御史が書いた復命書。
御乗竜舟(君) 国王が乗った舟。
御用衣襨(君) 国王が使った衣襨。
御前巡牢(君) 国王の出御の際に、御駕の前に立てる巡令手と牢子。
御前信箭(君) 国王が都城の外に出御する際に、御駕の前に垂らし立てる信箭。

御製詩文(君) 国王が作った詩文。

御製草本(君) 国王が作った詩文の草本。

御室湯子(君) 御室にあるお風呂。

御宝告身(君) 国王の玉璽を押した告身(官吏に与える任命状)。

5.4 五字漢語(1語)

御前大旗幟(君) 国王が都城の外に出御する際に、御駕の前に垂らし立てる大旗幟。

以上のことをまとめて示すと、[表2]のようである。

[表2]

区分	二字	三字	四字	五字	小計	区分	二字	三字	四字	五字	小計
君 主	56	22	10	1	89	天 体	1	0	0	0	1
書 名	0	1	6	7	31	祭 器	1	0	0	0	1
官 名	5	5	5	3	18	支 配	1	0	0	0	1
植 物	2	10	0	0	12	武 芸	0	1	0	0	1
官 庁	2	4	0	1	7	食 物	0	1	0	0	1
古 制	2	2	2	0	6	運 輸	0	1	0	0	1
系 図	2	0	0	0	2	飲 料	0	0	1	0	1
文 書	0	0	2	0	2	城 名	0	1	0	0	1
楽 曲	0	1	1	0	2	地 名	1	0	0	0	1
住 居	1	0	0	0	1	借 用	0	1	0	0	1
合 計	70	45	26	12	170	合 計	4	5	1	0	10

(注)[表2]の書名の小計(31語)は、二字から五字までの数(14語)と、いわゆる長大語の六字(11語)、七字(1語)、八字(4語)、九字(1語)の語例を含めた数である。挙例の際に除いた、書名・官名・官庁・城名・地名などの異なり語数は、一応[表2}に示しておいた。

[表2]によって、次のようなことが分かろう。

漢語の語構成の面においては、二字漢語が74語(41%)もあり、その後三字・四字・五字などの漢語が次いでいる。また日本語が四字までの用例しか見当たらないのに対して、韓国語はいわゆる長大語の九字まで造語が可能だという点であろう。

こうした漢語の造語力というのは、両語における漢字音の特質と何らかの関わりがあるように思われる。

両語での漢字音の特質について、沼本克明氏[5)]は、

> 朝鮮漢字音の場合には、各文献資料で多少のゆれを見せながらも、原則として一漢字一字音形のみしか伝承されていない。そして、朝鮮漢字音の一漢字一字音の各々は、ある場合には日本漢字音の「呉音」にあたるものであったり、ある場合には「唐音」にあたるものであったりする。つまり、朝鮮漢字音では、移植のされ方としては日本漢字音と同じように間歇であったけれども、その伝承の過程の中で旧来の字音も新来の字音も区別されることがなくなり、その中の一字音が一漢字の音形として定着したことになる。(下略)

と述べておられる。

要するに、長大語の造語力に限って言えば、「層的伝承」を持った日本語に比べて、一字一音形の韓国漢語がすぐれている言えよう。

御の意味においては、君主(国王)のことに関する語例が89語(49%)あり、その点では、日本語より中国語のそれに近いといえよう。それというのも、日本語が王のみならず、貴人・尊敬すべき人・夫婦など、身分を問わず広く使われるのに対して、韓国語と中国語の場合

5) 沼本克明(1986)『日本漢字音の歴史』東京堂, p.6

は、ある「特定の人物」の前に付して用いる際には、殆んど王のことに限るからであろう。

「君主」の次に「書物」という項目が次いでいるが、例えば、

御製自省編: 英祖が自分の読書と日常生活を通じて感じたり、思ったりしたことをまとめて撰したもの。(和訳は筆者)

のように、そのうち大部分が王のことに関するものである。

三字漢語の挙例の中に御内室、というものが見られるが、これは日本語からの借用語であろう。何故なら、御内室の項には、

御内室: 昔、日本の関白以下各州太守の妃嬪を称する言葉。

という意味記述しかなく、それに関する用例が示されていないからである。韓国語での御を冠する漢語の中で、今一つ特徴的と思われるものは、「植物」に関する語例が12語も見られ、そのうち三字漢語が10語を占めている事実である。

分類項目の数からみて『韓漢』での御を冠する語の用法は、『日葡』のそれと同じく様々な語の前に付いて使われることが知られよう。

6. おわりに

これまで『日葡』と『韓漢』における「御」を冠する漢語を取り扱い、その意味と語彙分類、さらに両辞書での特徴と異同を中心に調べてき

た。その調査の結果をまとめて示すと、次のようである。

語彙分類では、日本語と韓国語がそれぞれ11、20項目あり、いずれも広い範囲に渡って類別されることが分かろう。

漢語の語構成の面では、日本語が四字までの語例しか見られないのに対して、韓国語は九字という長大語まで造語できるということが知られよう。

つまり、長大語の造語力に局限していえば、「層的伝承」を持した日本語に比して、一漢字一音形の韓国語がよりすぐれていると思われる。

いずれにせよ、漢語の造語力というのは、両国語での漢字音の特質と何らかの関わりがあるようだ。

御の意味用法の面では、日本語が王のことに限らず、「貴人・尊敬すべき人・夫婦」など、身分を問わず用いられるのに対して、韓国語は中国語と同じく、ある「特定の人物」の前に付して使う際には、王のことに限定することである。

両辞書での分類項目のうち、共通してみえるものは、君主・植物ぐらいしかないようで、その点もやはり一つの特徴であろう。

Ⅳ　日韓両語での「的」について

第一章
接尾語「的」攷
－語構造と句構造を中心として－

1．はじめに

従来、的という語については、江戸末期のころから、中国の俗語文学の影響と見られる的があったと言われる[1)]。が、現代語的な用法での的は、概ね西周の著作に見られる用例を[2)]、その初の例として見ているようである。また、明治以来の的の用法[3)]、現代語的な的の意味用法[4)]など、接尾語の的に関する多彩な考究を見出だすことができる。

ところが、的の上接する語の文法的結合関係に関するものは、あまり見当たらないのである。そこで、本稿では、新村出編(1991)『広辞苑』第四版(以下『広辞苑』と略称する)に収められている的の用例を全

---

1) 広田栄太郎(1969)『近代訳語考』東京堂出版，p.269
2) 西周の文章に見られる「的」の用例を、次にあげる。
今政事学ト政略トノ関係ハ此兵家ノ戦法ト戦略トモ異ナリテ、全ク観察的ト実行的トノ区別ナリトシ、(『政略論』其一、1872～3)幸福ハ性霊上ト形骸ト相合スル上ヘ成ルノ論其二…衣食注ヨリ銭貨等ニ至ル外物的ヲ富饒ニ得ルノ幸福ト(同上1872～3、1877前後とも)此如キ題号ヲ揚ケハ其主論ノ如何タルヲ論セス、人々其心貪知的ノ攪動シテ見ムト欲シ聞カムト欲シ其秘密タル如何ヲ知ラムト欲シ其意思発揮スル(『秘密説』1874～10)
3) 山田巌(1983)「発生期における的ということば」(『現代語』論集日本語研究15，有精堂)pp.241～247
4) 遠藤織枝(1984)「接尾語『的』の意味と用法」日本語教育53号，pp.125～138

て採集し、その語構造と、的の上接語の二字漢語における文法的結合関係、つまり句構造を中心に考察していきたい。

2. 的の用例の採集と語構造

的の用例は、多くの辞書類の内、とりわけ『広辞苑』収載の語を採集[5]する。それは『広辞苑』の自序(第一版)に、

> とにかく、簡明にして平易、広汎にして周到、雅語漢語、古語新語、慣用語と新造語、日用語と専門語、旧外来語と新外来語、新聞語と流行語、みなつとめて博載を期した。

とある如く、百科事典的色彩を持つ国語辞典だからである。またそうした用例は、筆者にとって一応語形が安定し、日常化が進んだ語であろうと、判断したからである。

的を下接する語の語構造[6]と、それぞれの構造にあたる語例を挙げると、次のようである。

---

5) 的の用例の採集にあたっては、主に岩波書店辞典編集部(1992)『広辞苑逆引き』を用いた。その用例は、見出し語(子見出しを含む)を中心に収集しているので、たとえば「衒学的」のように、意味記述の細部項目などに有りうるものまで採集できなかったことは認めざるをえない。
6) 語構造というのは「一字漢語+的」「和語+的」のように、接尾語「的」と結合した語の構造を表わす。

2.1 一字漢語+的(25語)

外的 性的 静的 内的 霊的 公的 強的 動的 法的 狂的 病的 量的 劇的 学的 肉的 史的 私的 詩的 知的 質的 物的 美的 心的 人的 全的

※「標的 目的 射的 権的 監的 金的 端的 頓的 準的」(9語)

まず、一字漢語に接尾語「的」の付く語例は、「二字漢語+的」のそれに比して、少ないことが知られよう。

次に、※印の「標的 目的 射的 権的 監的 金的 端的 頓的 準的」は、外形的には「一字漢語+的」という語形であるが、実はそれ自体が一語として成立しているのである。

要するに、こうした語例の的は、接尾語といえないし、むしろ一字目と二字目の漢語がそれぞれ対等の勢力を持っているといえよう。

その他「強的・監的・頓的」は、それぞれ「豪的・看的・頓敵」のように、両様の語形が見られる。このうち「頓的」の的は「敵」にも表記されるという事実から、このような語の的は、接尾語の「的」でないということを察しうるだろう。

2.2 二字漢語+的(247語)

機械的 世界的 破壊的 社会的 体系的 神経的 典型的 経済的 国際的 実際的 潜在的 天才的 衛生的 強制的 個性的 自生的 知性的 派生的 野性的 女性的 理性的 潜勢的 準静的 大大的 相対的 具体的 肉体的 絶対的 立体的 主体的 近代的 現代的 家庭的 決定的 徹底的 否定的 暫定的 革命的 宿命的 致命的

運命的 人為的 反意的 社交的 健康的 人工的 独創的 理想的
幻想的 系統的 能動的 流動的 衝動的 自動的 圧倒的 活動的
受動的 人道的 戦闘的 反動的 帰納的 機能的 官能的 本能的
開放的 合法的 一方的 絶望的 啓蒙的 可及的 大衆的 民衆的
本有的 即興的 熱狂的 対症的 対称的 対照的 抽象的 実証的
末梢的 印象的 感傷的 感情的 論証的 実用的 代表的 比量的
官僚的 効果的 牧歌的 文化的 定期的 投機的 有機的 周期的
悲劇的 意識的 形式的 公式的 組織的 奇跡的 一義的 画期的
末期的 二義的 無機的 便宜的 化学的 科学的 多角的 哲学的
比較的 本格的 全国的 通俗的 規則的 貴族的 世俗的 生得的
道徳的 名目的 盲目的 直訳的 飛躍的 意欲的 消極的 積極的
精力的 魅力的 大陸的 記録的 閉鎖的 発作的 政治的 歴史的
副次的 一時的 二次的 微視的 巨視的 原始的 紳士的 排他的
理知的 高圧的 画一的 自殺的 実質的 物質的 写実的 現実的
本質的 逆説的 建設的 外罰的 内発的 内罰的 挑発的 爆発的
自発的 突発的 無罰的 動物的 即物的 芸術的 技術的 効率的
能率的 過渡的 神秘的 進歩的 義務的 事務的 反射的 自主的
保守的 民主的 生理的 功利的 合理的 物理的 倫理的 論理的
微温的 空間的 肉感的 複眼的 客観的 直感的 楽観的 悲観的
主観的 平均的 定言的 封建的 仮言的 試験的 世間的 多元的
実験的 先験的 選言的 断言的 人間的 生産的 打算的 離散的
精神的 急進的 超人的 良心的 革新的 個人的 殺人的 優先的
自然的 実践的 必然的 独断的 尖端的 後天的 重点的 楽天的
古典的 先天的 概念的 観念的 一般的 散文的 買辦的 断片的
論辯的 抜本的 根本的 浪漫的 平民的 国民的 庶民的 外面的

内面的 平面的 多面的 一面的 全面的 学問的 理論的

こうした「的」を下接する漢語に対して、遠藤織枝氏は[7)]、

（ｉ）「的」を取り除くと語として成り立たなくなるもの

（ii）「的」がなくても語として存在し、機能をもつもの

のように類別しておられる。それに従って、これら247語を分類すると、次のようになる。

（ｉ）に属するもの

準静的 可及的 副次的 微視的 巨視的 外罰的 内発的 内罰的 無罰的 即物的 先験的

（ii）（ｉ）以外のもの。

この外「多目的」という語が存するが、これは「多目+的」の語構造ではなく「目的」に「多」の上接したものと思われるので、「二字漢語+的」の用例から除くことにする。

語構造の面から見ると「二字漢語+的」の語形が圧倒的に多く、一字漢語と結合するものがそれに次いでいる。

ところで、特定の二字漢語(便宜上これを□□とする)に的が付くと、程度の差はあろうが、□□と□□的とでは意味的相違、あるいは意味変化が生まれるようである。

そこで、そのうち、（ｉ）に属するものを除いて、（ii）にあたるものを中心に、とりわけ特徴的なものを取上げて検討を加える。

矢印(→)の左側は、□□にあたるものを、その右側は□□的に該当するものを示す。

7) 遠藤織枝、前掲論文、126頁参照。

(1) □□に的が付くことによって、□□とは別な意味になるもの。

① 意味の特殊化[8)]

意味の特殊化の例として「離散→離散的」が挙げられよう。離散と離散的という語は『広辞苑』に、

離散 :ちりぢりに離れること。

離散的 :[理] ある変量が特定のとびとびの値しかとり得ないさま。物理量の値が離散的になることが量子力学の特色。

とある。要するに、離散という動詞性名詞が学術用語(物理)の「離散的」になることによって、意味の特殊化が生じるのである。

② □□の持つ属性 → 意味の向上または意味の悪化(下落)[9)]

まず、普通名詞の動物を「動物的な勘」「動物的な言動」というと、前者は動物のもつ属性から意味の向上が、後者はその属性から意味の下落という変化がみられるわけである。

次に、機械が機械的に、高圧が高圧的になるのは、いずれも意味の下落がみられる例である。

③ 実際的行為 → その行為に次ぐ程の間接的行為

自殺に的が付いて自殺的となると、自殺という実際的行為がその行

---

8) 亀井孝・河野六郎・千野栄一編(1996)『言語学大辞典』第6巻、三省堂(述語編、p.66)によると、「日常社会で用いられる形式が、特殊な集団で、日常社会のそれとは異なる特定の意義を与えられること。たとえば, 明確さが要求される学術用語や、法律用語、軍隊用語など」とある。

9) 亀井孝・河野六郎・千野栄一編(1996)の前掲書(p.60、p.65)によると、「意味の向上」は、「形式の意義が『よくない』とされるものに変わること」とあり、「意味の悪化(下落)」は、「語の意味が、さげすみ、非難、不快など、好ましくないニュアンス(コノテーション)、マイナス評価の方向へ変化すること」とある。

為に次ぐほどの間接的行為になるのでろう。

一方、自殺は特定の人物の行為に限られるが、自殺的は一般に個人が他人の行為に対していう。

④ 身体的状態 → 理性的辯別能力の喪失
盲目 → 盲目的

⑤ 節足動物の特性 → 人間の思惟のレベルにまで発展
複眼 → 複眼的

⑥ 学術用語の持つ特性 → 人間の思惟のレベルにまで発展
無機 → 無機的

⑦ 社会的地位・身分 → 各階層に相応しい態度・外観を示す
官僚 → 官僚的/貴族 → 貴族的/平民 → 平民的/庶民 → 庶民的

(2) □□に的が付いても付かなくても、ほぼ同じ意味のもの。

(1)に属するものを除くと、微妙な意味的異同はあるものの、殆んどこれにあたるものと思われる。

ところが、たとえば動詞性名詞の建設・生産に的が付いて建設的・生産的となると、一般に「事態の好転・物事の進展」の意を表わす。これに対して、同じく動詞性名詞の破壊に的が付くと、それとは逆に「事態の悪化・危機の将来」の意を表わすようである。

2.3 三字漢語+的(10語)

①画時代的 ②前時代的 ③前近代的 ④無意識的 ⑤合目的的 ⑥加速度的 ⑦非論理的⑧近視眼的 ⑨非生産的 ⑩超越論的

まず、この10語を語構造の面から見ると、次のようなことが言えよう。考察の便宜のために、

a = 純粋に接頭語として働くものと、接頭語的な働きをするもの。

b = 二字漢語

c = 接尾語「的」

d = 一字漢語

のように記号化して、上の10語を分析すると、次のようである。

① b、ab(*)、bc、abc

② b、ab(*)、bc、abc

③ b、ab(*)、bc、abc

④ b、ab、bc、abc

⑤ b、ab(*)、bc、abc

⑥ b、ab、bc、abc

⑦ b、ab(*)、bc、abc

⑧ b、bd、bc(*)、bdc

⑨ b、ab(*)、bc、abc

⑩ b、bd、bc(*)、bdc

例えば「b、ab(*)、bc、abc」において、「b、bc、abc」はそれぞれ単独で、あるいは、bとc、aとbとcが結合して、独立した語として成り立つが、「ab(*)」の場合は、aとbが結合しても語として成立し得ないことを意味する。

こうして見ると「三字漢語+的」の語構造には、

（Ⅰ） b、ab(*)、bc、abc ： ① ② ③ ⑤ ⑦ ⑨

（Ⅱ） b、ab、bc、abc ： ④ ⑥

（Ⅲ） b、bd、bc(*)、bdc ： ⑧ ⑩

のように、三通りのパタンの存することが知られよう。

次にこの10語が、それぞれどういう評価を持つものであるか、という点について、考えてみたいと思う。用例で見るように接頭語、あるいは接頭語的な働きをする接辞が付いている派生語の場合は、その接辞の持つ意義(例えばプラスの評価を持つか、マイナス評価のものか)によって、語義が決定されるのが多く見られる。

「画時代的」という語は「画期的」に言い換え得るし、「画期的な発明」という用例が存することを考え合わせると、プラス評価の語であろうと思う。というのは、接頭語に準ずると思われる「画」は、プラス評価の語に導く働きをするからである。

従って、「合目的的」「加速度的」という語の「合」と「加」は、前述の如き流れに沿って考えるのも可能であろう。「超越論的」の場合は超越という二字漢語に注目したい。超越は同類義の「超」と「越」からなり、やはりプラス評価の語に近いようである。

上のような語例に比して「無意識的」の「無」、「非論理的」「非生産的」の「非」は、否定的判断を表わす接頭語であるから、マイナス評価の語であるのは当然のことである。また「前時代的」は「前近代的」とほぼ同義であり、前近代的という語は「非近代的」に言い換えることができる。すると「前」という漢字は、やはり否定的判断を表わす働きをしているように思われる。

近視眼的は「近視」という漢語と、その二字目の「視」と同類義の「眼」とが結合し、さらに的が付いて成り立つものと思う。この語の場合は「近」という一字目の漢字に、マイナスの意味合いが含まれているのではなかろうか。近視の対義語として遠視という語が存するが、遠視眼、あるいは、遠視眼的という複合語は存しないのである。

要するに「目」というのは、近い所より遠くまで見うるのが望ましいという、一種潜在意識が働き、その結果「近」という漢字が否定的な概念を持つようになったのであろう。

2.4 四字漢語+的(2語)

幾何級数的 人間中心的

2.5 和語+的(3語)

鵺的 取的 浪花節的

2.6 外来語+的3語)

スコラ的 アポロ的 ディオニュソス的

以上、語構造のパタンをまとめて示すと、[表1]のようである。

[表1]

語構造	一字漢語+的	二字漢語+的	三字漢語+的	四字漢語+的	和語+的	外来語+的	合計
語　数	25	247	10	2	3	3	290
%	8.6	85.2	3.5	0.7	1.0	1.0	100

的と結合する語は、漢語・和語・外来語など、多彩のようであるが、混種語につくものとか、また句や成語につくものは殆んど見られない。的の上接語としては漢語がもっとも多く、その中でも二字漢語

が圧倒的多数を占めている。

3. 的の上接する二字漢語の句構造

前述のように『広辞苑』に収められている的のつく語のうち、二字漢語が約85%に上るので、ここではその247語を中心に考察していきたい。句構造[10]のパタンとして、林四郎氏[11]は各要素の品詞性を重視し、次のように略記しておられる。

名　名詞性の語要素
動　動詞性の語要素
形　形容詞性・形容動詞性の語要素
副　副詞性の語要素

同氏は、また語要素どうしの文法的結合関係を「句構造」と称し、各語要素の位置関係を「要素配置」と名付ける。例えば「政治」ということばは「政(まつりごと)を治める」という句構造のものと思われるので、これを品詞名で書くと「名ヲ動スル」となる。そして、出来上がりの語での語要素の位置関係は、名詞が動詞に先行するので「名動」となる。

一方「衛生」ということばは、「生(いのち)を衛(まも)る」という句構造があり、基本的には「政治」と同じく「名ヲ動スル」というパタンになる。

もっとも「衛生」の場合は動詞が名詞に先行するので「動名」となる。

---

10) 句構造というのは、的の上接する二字漢語での語要素どうしの文法的結合関係を表わす。
11) 林四郎(1987)『漢字・漢語・文章の研究へ』明治書院, p.86～89

こうなると「名ヲ動スル」というパタンには、「名動」と「動名」のように両様の要素配置が存するわけである。

こうした方法に従って、句構造のパタンを分類してみる。二字漢語における漢字の字義は、森岡健二外四人編(1993)『集英社国語辞典』の字義解説[12)]を参考した。

3.1 名詞と用言との組合せ (76語)

(1) 名ニ動スル → 動 名(12語)

準静 反意 合法 対症 投機 通俗 副次 逆説 即物 合理 先験 優先

(2)

①名ヲ動スル → ⓐ名 動(13語)

理想 幻想 絶望 啓蒙 文化 意識 化学 意欲 政治 義務 事務 観念 理論

②名ヲ動ス → ⓑ動 名(22語)

衛生 具体 立体 徹底 否定 革命 致命 受動 抽象 感情 定期 周期 画期 発作 排他 画一 写実 論理 超人 殺人 断片 抜本

(3)

①名ガ動スル → ⓐ名 動(1語)

人為

---

12) 『集英社国語辞典』は、漢語の造語要素としての漢字母項目があり、その下に字義解説をし、さらに字義ごとに語例を挙げているので、句構造のパタンを類別するのに有効であろう。本稿での句構造のパタンは、あくまで筆者の判断によるものであり、見方によって多少の異存はあろう。しかし小論の論旨には、さほど大きな影響は及ぼすまい。

②名ガ動スル → ⓑ動 名(1語)

有機

(4) 動スル名 → 動 名(1語)

魅力

(5) 動スル名(主) → 動 名(3語)

潜勢 動物 尖端

(6) 名カラ動スル → 名 動(1語)

内発

(7) 名トシテ動スル → 名 動(2語)

客観 主観

(8) 形ナ名 → 形 名(17語)

近代 大衆 悲劇 奇跡 多角 哲学 貴族 盲目 大陸 高圧 多元 良心 重点 楽天 散文 平面 多面

(9)

①名ガ形ダ → ⓐ名 形(1語)

世俗

②名ガ形ダ → ⓑ形 名(2語)

無機 無罰

3.2 名詞と名詞との組合せ (91語)

(10) 名$_1$ノ名$_2$ → 名$_1$名$_2$(65語)

世界 社会 体系 神経 国際 実際 天才 個性 知性 野性 女性 理性 肉体 現代 家庭 宿命 系統 人道 機能 官能 本能 一方 民衆 効果 牧歌 公式 一義 末期 二義 本格 全国 消極 積極

歴史 一時 二次 紳士 実質 物質 現実 本質 効率 能率 自主
民主 生理 物理 倫理 空間 肉感 複眼 世間 人間 個人 後天
古典 先天 概念 一般 平民 国民 外面 内面 一面 全面

(11) 名$_1$デノ名$_2$ → 名$_1$名$_2$(1語)
社交

(12) 名$_1$ト名$_2$(同類義) → 名$_1$名$_2$(16語)
機械 典型 運命 末梢 印象 官僚 規則 道徳 精力 原始 理知
芸術 技術 神秘 精神 根本

(13) 名$_1$ト名$_2$ → 名$_1$名$_2$(1語)
功利

(14) 名$_1$ニヨル名$_2$ → 名$_1$名$_2$(5語)
人工 形式 科学 外罰 内罰

(15) 名$_1$ダケノ名$_2$ → 名$_1$名$_2$(1語)
名目

(16) 名$_1$トナル名$_2$ → 名$_1$名$_2$(1語)
主体

(17) 名$_1$デアル名$_2$ → 名$_1$名$_2$(1語)
庶民

3.3 副詞と用言との組合せ (28語)

(18) 副、動スル → 副 動(27語)
自生 相対 絶対 暫定 独創 能動 自動 本有 即興 実証 実用
直訳 微視 巨視 自殺 自発 突発 直感 楽観 悲観 仮言 実験
急進 自然 実践 必然 独断

(19) 副、形ダ → 副 形(1語)

微温

3.4 用言と用言との組合せ (49語)

(20) 動$_1$シテ動$_2$スル → 動$_1$動$_2$(33語)

経済 潜在 強制 派生 流動 衝動 圧倒 活動 反動 帰納 開放 対称 対照 感傷 論証 代表 比量 生得 飛躍 挑発 爆発 過渡 進歩 反射 保守 定言 封建 選言 断言 革新 買辦 論辯 学問

(21) 動$_1$シ動$_2$スル(同類義) → 動$_1$動$_2$(11語)

破壊 決定 戦闘 組織 比較 記録 閉鎖 建設 試験 生産 離散

(22) 形$_1$デ形$_2$(同類義) → 形$_1$形$_2$(5語)

大大 健康 熱狂 便宜 平均

3.5 その他 (3語)

(23) 動スル助動 → 助動 動(1語)

可及

(24) 無意味の助字、動スル → 助字 動(1語)

打算

(25) 当テ字(1語)

浪漫

以上、組み合わせ型をまとめて示すと[表Ⅱ]のようになる。

[表2]

組合せ型	名詞と用言	名詞と名詞	副詞と用言	用言と用言	助動詞と動詞	助字と動詞	当て字	合計
語　数	76	91	28	49	1	1	1	247
%	30.8	36.8	11.4	19.8	0.4	0.4	0.4	100

的の上接する二字漢語での句構造のパタンは25あるが、(2)、(3)、(9)はそれぞれ二つに分れているので、実際のパタンは28存することになる。

まず「名詞と用言との組合せ」は「名ヲ動スル」がⓐとⓑとを、合わせて35例あり「形ナ名」というパタンが17例かぞえる。こうなると、「名ヲ動スル」というパタン、中でも、動詞が名詞に先行する語形と的が結合するのが、その逆のものより一般的のように思われる。

また、形容詞性・形容動詞性の語要素が名詞性のものと組み合せる場合は、「形」が「名」に先行するのが普通のようである。しかし「名」が「形」に先行し、主語になって的と結合するものは、ごく僅かに過ぎない。

次に「名詞と名詞との組合せ」は91例あるが、そのうち、「$名_1$ノ$名_2$」というパタンが65例もあり、同じ名詞どうしの組み合わせでは「$名_1$ノ$名_2$」のものが典型的のようである。また「$名_1$ト$名_2$(同類義)」のごとく、同じ品詞どうしでありながら同類義のパタンが16例に上るということは、特記すべき点であろう。

第三に、「副詞と用言との組合せ」では、28語例のうち「副、動スル」というパタンが27語を占めており、「副、形ダ」のものより一般的であることが知られる。

第四に、「用言と用言との組合せ」においては、49例のうち「$動_1$シテ動$_2$スル」33語、「動$_1$シ動$_2$スル(同類義)」11語あり、同じ動詞どうしのパタンが中心になっている。

その外、「可及的」のごとく、漢文の訓読から生じた語、無意味の助字「打」と動詞が結合する「打算的」、当て字の「浪漫的」などの例がある。

4. おわりに

これまで『広辞苑』(第四版)に収録されている的の付く語例を扱い、語構造と的の上接する二字漢語の句構造のパタンを中心に考察してきたが、まとめて示すと次のようなことがいえよう。

語構造の面において的と結合する語は、漢語・外来語・和語などが中心であり、混種語とか「親方の丸的・捕らぬ狸の皮算用的」のような句や成語につく例は、全く見当たらないようである。

的の上接語としては、漢語がもっとも多く、中でも二字漢語が大部分を占めている。「三字漢語+的」の語例でみるごとく、接頭語または接頭語的な働きをする接辞が付いている場合は、その接辞のもつ意義(どういう評価をもつか)によって語義が決められるのが普通のようである。

的の上接する二字漢語での句構造のパタンは多彩であるが、うち「名詞と用言」「名詞と名詞」「用言と用言」の組合せ型が約88%を占めているので、こうした句構造のものが的と結合しやすいといえよう。

句構造では「典型・破壊・便宜」のように、大抵同類義の語例ばかりで、そのパタンは「名$_1$ト名$_2$」「動$_1$シ動$_2$スル」「形$_1$デ形$_2$」のような同じ品詞どうしの組合せからなるものが一般的傾向のようである。もっとも「功利」という漢語は「名$_1$ト名$_2$」のパタンに属するが、同類義とはいえないので、異数の扱いにしたほうがよかろう。

しかし、前述したように同じ品詞どうしの組合せで、なお同じ句構造のパタンに属する語例とはいえ、たとえば「東西・増減・貴賎」のような対義からなるものは、全く見られないというのがひとつの特徴といえよう。

第二章
韓国語における「的」について
－日本語「的」との対照を通して－

1．はじめに

韓国語での的の問題を論じようとすれば、まず日本語の的との関わりを考えずに、述べることは不可能であろう。なぜなら、的という語は、明治時代の日本の翻訳家グループの一員の発案であること[1)]、さらに韓国は開花期以後、近代化の過程で夥しい数に達する日本語(主として新事物、新概念を表わす漢語)を借用しているからである。

ということは、的は単に韓国語にだけ限る問題でなく、日本語のそれでもあるといえよう。

そこで、本稿では韓国の代表的な日刊紙の「朝鮮日報」の社説[2)]より的の付いた語例を全て採集し、語構成の面、的を下接する漢字語の意味用法的特徴、結合関係の在り方、等々の事柄を中心に考察し、究極するところ韓国語での的の受容の実体を明らかにしたい。

1) 広田栄太郎(1969)「的という語の発生」(『近代訳語考』所収) p.286
2) 「的」を下接する語例は「朝鮮日報」の社説(2000.1.1～6.30)より休刊日を除き、全て採集したものである。

2. 的のついた語例の採集と語構成による分類

2.1 的を下接する語例の採集

数知れぬ資料のうち「朝鮮日報」の社説という限られた資料のみを対象にし、そこから的の語例を採集することは、やや無理があろう。にもかかわらず、新聞の社説より語例を収集したのは、一般に社説は的のついた語を頻用すること、政治的な問題が多いのであるが、さまざまの時事問題を扱っているので、幅広く語例を採集しうるからである。

2.2 語構成による分類

ここから的を下接する語例の調査結果を示すが、日本語の的との対照のために、次のような基準に則って類別し、例示することとする。

(イ) 『広辞苑』(1991、第四版第一刷)に収められている的の語例と一致するもの。

(ロ) 大原信一「中国語にはいった日本語」[3]または、広田栄太郎「的という語の発生」に見られる語例と一致するもの。

(ハ) 的を下接する語形または、それを下接しないものの、的の上接する漢字語[4]が日本の国語辞書に載っているもの。

(ニ) 的の上接する漢字語が日本の如何なる文献にも見当たらないが、漢籍出自のもの。

3) 大原信一(1986)「中国語にはいった日本語」(「東洋研究」NO.78所収) pp.81～101

4) 韓国漢字音は多少例外はあるものの、原則として一字一音なので「漢字語」と呼ぶことにする。

（ホ） 的の上接する漢字語が漢籍出自のものであるが、現代韓国語において新しい概念が付け加えられているもの。

（ヘ） 現代韓国語における造語と思われるもの。

以上、六つの類に分けて、その語例を示すことにするが、なぜこうした分類をするかという点について、もう少し補説しておきたい。

『広辞苑』に収録されているということは、一応的と結合しやすい語であり、日常語化が進んだものと思われるからである。

「中国語にはいった日本語」に見られる語は、中国人編の書物[5)]の中で、日本語起源の借用語として認められた語を総合してまとめたものである。近代化に伴って、中国人が科学、文化、社会など、広い分野で諸概念を表わすために大量の日本語を借用している点は、韓国語においてもその事情は同様である。

（ハ）に属する語のうち、語形は同一であっても日韓両語での意味の異同においては吟味する必要があり、語例の殆んどは漢語であるが、僅ながら和語も含まれている。

（イ）、（ロ）、（ハ）に属する語のなかで、一部の語は重なるものもあり、的の上接語の大部分は二字漢字語である。

（1） 一字漢字語+的 （13語）

（イ）に属するもの （12語）

5） 中国人の著作として、次のようなものがある。
高名凱・劉正埮(1958)『現代漢語外来語研究』文字改革出版社
王立達(1958)『現代漢語中従日語借来的詞彙』中国語文
北京師範学院中文系漢語教研組編(1959)『五四以来漢語書面語言的変遷和発展』商務印書館
高名凱・劉正埮・麦永乾・史有為編(1984)『漢語外来詞詞典』上海辞書出版社

性的 内的 美的 物的 量的 私的 人的 劇的 質的 全的 法的 公的

(ハ)に属するもの (1語)

数的

(2) 二字漢字語+的 (348語)

(イ)に属するもの (139語)

圧倒的 官僚的 強圧的 好意的 対内的 保守的 野心的 対照的 全国的 学問的 近代的 重点的 大衆的 投機的 副次的 現代的 文化的 記録的 精力的 前進的 独善的 可及的 生産的 物質的 倫理的 形式的 組織的 普遍的 過渡的 宿命的 扇情的 生態的 暴力的 専門的 狂信的 実証的 挑発的 排他的 強制的 独断的 閉鎖的 自生的 本源的 開放的 漸進的 反射的 逆説的 民主的 革新的 義務的 人工的 世俗的 抽象的 論理的 人間的 科学的 良心的 意欲的 全体的 明示的 自然的 微温的 巨視的 儀礼的 犠牲的 好戦的 主体的 模範的 革命的 退嬰的 必然的 魅力的 主観的 定期的 大乗的 自主的 発展的 破壊的 全般的 自発的 全面的 人為的 基本的 個人的 優先的 部分的 比較的 実質的 恒久的 包括的 消極的 経済的 暫定的 対外的 客観的 物理的 一般的 楽観的 世界的 一方的 国際的 現実的 人道的 体系的 原則的 技術的 多角的 大々的 効率的 国民的 肯定的 社会的 具体的 主導的 致命的 画一的 否定的 制度的 根本的 積極的 典型的 絶対的 合法的 代表的 本質的 相対的 本格的 政治的 公式的 結果的 一時的 画期的 道徳的 爆発的 潜在的 歴史的 決定的 合理的 効果的

(ロ)に属するもの (48語)

指導的 集合的 宗教的 黙示的 寡頭的 常識的 喜劇的 実際的
故意的 懐疑的 原罪的 時間的 集中的 財政的 精神的 遺伝的
結論的 地質的 心理的 権威的 集団的 法律的 金融的 支配的
総括的 初歩的 理念的 感性的 象徴的 軍事的 教育的 自律的
批判的 民族的 例外的 間接的 公開的 構造的 総体的 時代的
綜合的 大局的 意図的 政策的 伝統的 直接的 市場的 互恵的

(ハ)に属するもの (156語)

外部的 局面的 進取的 水平的 全幅的 展示的 外形的 源泉的
表面的 原初的 破格的 陰性的 共存的 交叉的 術数的 消耗的
図式的 先導的 亡国的 宥和的 可視的 個別的 友好的 政派的
異質的 価値的 諧謔的 公益的 自力的 実効的 恥辱的 報夏的
予防的 敵対的 隠喩的 改革的 金銭的 原論的 国内的 時宜的
中期的 二重的 留保的 韓国的 公共的 統計的 偏頗的 一律的
算術的 中枢的 不法的 威圧的 偽善的 財産的 生存的 慢性的
立法的 地域的 違法的 教条的 儀典的 細部的 時代的 身体的
収益的 戦術的 摩擦的 冷笑的 司法的 選別的 独立的 平和的
大幅的 通常的 異色的 恐慌的 差別的 情緒的 情実的 即刻的
比例的 前向的 基礎的 制限的 刺激的 追加的 感動的 極右的
攻撃的 事前的 枝葉的 低質的 必死的 違憲的 畸形的 弾力的
補助的 電撃的 永久的 施恵的 事後的 常時的 先進的 短期的
定例的 複合的 極端的 跛行的 連鎖的 越権的 学術的 危機的
姑息的 守旧的 商業的 実体的 宣伝的 胎生的 本来的 野蛮的
原色的 常套的 継続的 政略的 超党的 先制的 衝撃的 長期的
大体的 安定的 必須的 戦略的 露骨的 一次的 自体的 中立的

硬直的　競争的　核心的　窮極的　内部的　正常的　後進的　根源的
痼疾的　異例的　外交的　恣意的　日常的　時期的　成功的　独自的
伸縮的 段階的 国家的 持続的

(ニ)に属するもの（2語）

順理的 節次的

(ホ)に属するもの（1語）

外生的

(ヘ)に属するもの（2語）

親北的 超法的

(3) 三字漢字語+的（42語）

的の上接する漢字語が三字以上になると、複合語あるいは派生語が増加するので、(1)、(2)とは異なる語構成のパタンを考えてみたいと思う。上の42語を分析するために、

p ＝ 純粋に接頭語として働くものと、接頭語的な働きをするもの。

a ＝ 一字漢字語

b ＝ 二字漢字語

c ＝ 三字漢字語

d ＝ 四字漢字語

s ＝ 接尾語「的」

のように記号化して、それぞれに該当する語を例示すると、次のようである。

① pbs型（28語）

悪循環的　準職業的　準司法的　全地球的　全国民的　反改革的
汎民族的　反人権的　反人倫的　汎政府的　反国家的　汎世界的

反時代的　反社会的　非政治的　非妥協的　非経済的　非生産的
非人間的　非専門的　前近代的　非民主的　旧時代的　全世界的
非人道的　非現実的　非正常的　非公式的

② bas型（9語）

価値論的　過渡期的　犠牲羊的　記念碑的　検閲官的　経済外的
考古学的　民族史的　有機体的

③ abs型（3語）

一次元的　中長期的　直間接的

④ cs型（2語）

家父長的　天文学的

このように、的の上接語が三字漢字語の場合は、四つのパタンに類別できるが、二字漢字語に接辞の付く型が大半を占めており、それに用いられた接辞は「悪・準・全・反・汎・非・前・旧」など、多種多様である。

(4) 四字漢字語+的（30語）

ここにおいても、(3)のごとき類別方法に従って語を例示すると、次のようである。

① bbs型（27語）

縁故主義的　官権選挙的　現状維持的　功利主義的　国粋主義的
国民経済的　自己中心的　十九世紀的　人道主義的　政治外交的
大国主義的　大衆動員的　党利党略的　拝金主義的　覇権主義的
平地突出的　便宜主義的　法治主義的　未来志向的　労動集約的
画一主義的　実用主義的　全体主義的　環境親和的　機会主義的
権威主義的　時代錯誤的

② ds型（3語）

幾何級数的 実事求是的 二律背反的

上のように、的の上接語が四字漢字語の場合は、複数の二字漢字語の配列による複合語が圧倒的多数を占めているが、接頭語の付いた語例が皆目見当たらないのは特徴といえよう。

ds型のうち、「実事求是的」は『漢書』の「河閒献王徳伝」に、

> 修学好古、実事求是(事実に本づいて事物の真相・真理を求め尋ねること)。

とあり、漢字語というより漢文に的の付いたものと見ても差支えないだろう。「幾何級数的」は、bbs型として類別できないわけでもないが「二律背反的」は「二律」と「背反」に分離してしまうと、語として成り立たないので、四字漢字語の扱いをしている。

30語の中で「縁故主義」の如く「主義」[6]という漢字語と結合して四字漢字語になるものが13例に達するということは、現代韓国語では日本語の「主義」を、ちょうど接辞のように頻用していることが知られよう。この外にも枚挙に遑がないので、省くこととするが、現に語例の殆んどが日本語起源の借用語によって成り立っているのである。

(5) 五字漢字語+的（1語）

反議会主義的

(6) 七字漢字語+的（1語）

---

6) 大原信一氏の前掲論文によると、「主義」という語も日本語起源のものである。

反自由貿易主義的

的の上接語が四字以上の漢字語からなると、二字漢字語どうしの結合による複合語が増加し、その語頭と語尾に接辞が付くと長大語になりやすい。

(7) 外来語+的（3語）

クーデター的　アジア的　ポピュリズム的（ハングルの仮名表記は筆者による）

的に上接する外来語は、いずれもハングル表記のものを仮名に翻字したのであるが、語例はたった3語しか見当たらない。

以上、語構成のパタンをまとめて示すと、次の[表]のようである。

[表]

	一字+的	二字+的	三字+的	四字+的	五字+的	七字+的	外来語+的	合計
異なり語数	13	348	42	30	1	1	3	438
%	3.0	79.5	9.6	6.8	0.2	0.2	0.7	100
述べ語数	115	1411	69	51	1	1	3	1651
%	7.0	85.5	4.2	3.1	0.1	0.1	0.2	100

(注) 一字、二字、三字…に続く漢字語という述語は、表作成の便宜上省略した。

[表]で分かるように「二字漢字語+的」の語例が、異なり語数で約80%、延べ語数で約86%とあり、こうした傾向は日本語のそれとほぼ同様のようである。外来語に的のつく3例を除くと、的の上接語は全て漢字語であり、固有の韓国語(ハングル表記のもので漢字に表記できないもの)は、皆目見当たらないのが日本語のそれ(和語にも的が下接する)とは異なる点であるといえよう。

3. 的を下接する漢字語の意味用法的特徴と結合関係の在り方

意味用法については、的の上接する語のうちで、二字漢字語が異なり語数の約80%を占めているので、これを中心に論を進めるが、参考までにJapan Chosun[7]を照合することにする。

一方、(イ)と(ロ)に属するものは、一応日本語にも同じ語形が見られるので、主として(ハ)(ニ)(ホ)(ヘ)に属するものを対象として、殊に的を下接する漢字語の意味用法的特徴、結合関係の在り方、社説文の中で日本語の的に準ずると思われる用例などを中心に考察していきたい。(※冒頭の数字は、その用例の存する社説の日付であり、矢印の左側は社説文のもの、右側は和訳のものであることを表わす。なお、韓国語において「~的」に続く活用語尾は略すことにする。)

(1) 日韓両国語において意味を異にするもの

6.6 前進的 姿勢 → 前向きな姿勢

韓国語の「前進的」は「前向き」の意味であるが、日本語のそれは松村明(1988)『大辞林』(三省堂)に、

> 前進的論証(論progressive probation): 前提から一歩一歩理由を積み重ねていって、最後に結論に到達する論証。総合的論証。『広辞苑』(第四版)では、順進的論証。↔後退的論証

---

7) Japan Chosunとは、インターネット朝鮮日報の和訳版というべきものであるが、これを引用する際はやや慎重に扱わなければならない。それというのも、筆者の確認したところによれば、和訳チームのメンバーのうちでリーダー以外は殆んど通訳大学院の院生がそれを担当しており、たまに誤訳が見つかるからである。

とあり、両国語において意味の異なることが分かる。このことに関連して、次の如き例を見てみよう。

4.19 前向的 思考方式 → 前向きな思考方式

この例を見ると、現代韓国語では「前向き」という意味として、和語の「前向き」に的を下接した、「前向的」という語形と「前進的」というものが併用されていることが知られよう。

この外、和語に的の付く用例としては、

2.2 大幅的 補完措置 → 大幅な補完措置などが見られる。

(2) 同類義の二字漢字語が重なる場合

2.8 術数的 方式 → 権謀術数的な方法

術数は「はかりごと」という意味を持つ同類義の漢字「術」と「数」からなるが、権謀術数は「術数」と同義の「権謀」とが結合した語形といえよう。このように同類義の二字漢字語が重なる場合は、前項の二字漢字語は略して、的を下接するという方法が一般的のようである。

(3) 的の上接語そのものに「主義」の意味が含まれているもの

3.3 事大的 → 事大主義的

「事大」という語は『孟子』の「梁恵王下」に、

惟智者為能以小事大

とあり、それ自体に思想的な傾向、原則の意味が含まれているので、主義を省いて的を付したものと思われる。韓国語では事大的と事大主義的という語を併用しているが、漢籍出自の事大と日本語起源の主義

(principleの福地源一郎による訳語といわれる)とを結合することによって、意味的にいっそう落ち着いてきたと思う。

(4) 病名+的 (括弧内の数字は社説の日付を示す。)
1.17 痼疾的 → 何かにつけて、わがままだ(2.22)、持病ともいえる(3.3)、慢性的(5.15)など

痼疾的は痼疾という病名の持つ意味的特性から肝心な、抽象的な部分を捉えて、さらに的を付することによって、ある状況を譬喩(隠喩)的に表わしているものと思われる。的の下接できる形容動詞の語幹について山田巌氏は[8)]、

> いわゆる形容動詞の語幹には的はつきにくい。現代語で的のつきうる形容動詞の語幹は、通俗・永久・変則・経済・健康・神秘・自然・正常・正統などの諸語の範囲に限られるようだ。

と述べられており、また遠藤織枝氏は[9)]、

> からだに関するものも「肉体的」の語はあるが、からだの部分、病気名を表す語などに「的」のつく語はない。(下線は筆者による)

と、的の付きうる語の特性について述べている。こうしたことを考え合わせると、病名に的のつくということは、韓国語での特徴的な用法ともいえよう。

---

8) 山田巌(1983)「発生期における的ということば」(論集日本語研究15『現代語』所収)有精堂, p.247
9) 遠藤織枝(1984)「接尾語『的』の意味と用法」(『日本語教育』53号) p.129

(5) [二字漢字語$_1$]的[二字漢字語$_2$] → [二字漢語$_1$]*[二字漢語$_2$]

3. 1 即刻的撤廃 → 即刻撤廃

3. 9 違法的去来 → 違法取引

3.21 追加的譲歩 → 追加譲歩

3.24 自然的災害 → 自然災害、安定的 確保 → 安定確保

韓国語では[二字漢字語$_1$]の下に的が付いているが、日本語の場合は的が付かなくても、その意味に大した影響を及ぼすことのないものもある。[二字漢語$_1$]の品詞を見てみると、大概副詞か普通の名詞であるが、たとえば、即刻撤廃という言い方は可能であっても、即刻的撤廃とは言うまい。

韓国語の場合は例示したもの、いずれも的が付いているか否かに関わらず、一つの句として成り立つのである。

(6) 韓国語では的を下接するが、日本語では的を下接しないもの。

1.20 絶対的 必要 → 絶対に必要な

必須的 戦略武器 → 必須の戦略武器

1.25 異例的 → 異例の(3.2, 5.12)

1.31 比例的 → 比例して

正常的 → 正常の、正常な

2.12 姑息的 懲戒 → 旧態依然とした懲戒。姑息な懲戒

2.16 本来的 市民運動 → 本来の市民運動

2.21 連鎖的 爆破 → 連続して爆破

2.22 hannara党の胎生的要因 → ハンナラ党の創設当初からの要因

2.23 故意的 → 故意に

2.29 露骨的 → 露骨に

3.2 偏頗的 人事 → 偏向的人事
3.11 施恵的 → 恩を施すという
3.21 通常的 政党活動 → 通常の政党活動
3.25 後進的 租税風土 → 立ち後れた租税風土
6.9 枝葉的 問題 → 小さい問題
4.12 事前的、事後的 連関問題 → 事前・事後の問題
4.17 伸縮的 対応 → 柔軟な対応
4.29 常套的 方法 → ありふれた手段
5.16 野蛮的 文化テロ → 野蛮な文化テロ
5.25 情実的・縁故主義的 落下傘人事 → 私情が絡んだ縁故主義的天下り人事

的の上接語が日本語に存する漢字語の場合は、それが形容動詞の語幹なら、的がつかないのは当たり前だろう。

ところが、例えば「施恵的・枝葉的・伸縮的・情実的」などのように的が付いていても、日本語の語構成の面から見て、全く間違っているとはいえないものも存するのである。

にもかかわらず、日本語では的を下接しないのは、日本人の思考の基底に、そうした形は慣用されないという意識が潜んでいるのかもしれない。それにひきかえて、韓国の漢字語は原則的に一字一音なので、漢字語の品詞の種別に関わらず、自由に的が付きうるのである。

特に「偏頗的」は「偏向的」に訳されているが、日本語の「偏頗」は形容動詞なので、それと同義の「偏向」という名詞に言い換えて、的を付している。

(7) 2.2の(二)に属するもの

2.9 節次的 → ×(「節次的」は意訳されているので、それに該当する和訳が存しない。)

5.24 順理的 代議政治の夏元 → 道理に従う代議政治の夏元(「順理的」はJapan Chosunに「順理に従う」という訳が見られるが、それより「道理に従う」といった方がよかろう。)

まず、節次という語は、漢語大詞典編纂委員会編(1986~1993)『漢語大詞典』(以下『大詞典』と略称する)に、

○節次
①逐次;逐一(次々・順々に)。(括弧内又は下線部分の和訳は筆者による。例文は意味項目毎に、それぞれ一例ずつ示しておく。)
《水滸伝》第四一回: “五起人馬登程、節次進発、只隔二十里而行。” (段々に人を遣わす。)
② 程序; 次序(順序・手筈・段取り・次第)。
《朱子語類》巻一二八: “今枢密要発兵、(中略)若有緊急事変、如何待得許多節次?” (どうして多くの段取りを得ようとするのか。)

とある。また諸橋轍次『大漢和辞典』(以下『大漢和』と略称する)には、上の意味項目の外に、

○節次 : 季節の折々をいふ。節序。節候。
[孛朮魯翀ボシュルチュン、平章政事尚公神道碑]節次入奏、清問所及、必公条対。(季節折々朝廷に参入して奏上する)

とあり、「節次」はこのように大体三通りの意味に用いられることが分

かるが、韓国語での「節次」は、概ね①または②の意味として使われている。

次に、順理という語は、『大詞典』に、

○順理
①遵循道理(道理に従う)。
《朱子語類》巻八:“‘虚心順理’、学者当守此四字。”
②有条理、不紊乱(筋道がはっきりしていて少しの乱れもない)。
南朝宋朱昭之《難顧道士夷夏論》:“二賢推盪往反解材之勢、(中略) 非順理之作、順理析之、豈得推盪。”
③方言。整理(片付ける・整理する)。
《十月》1982年第五期:“這個欄攤子、不是那麼容易就能拾掇好的、(中略)怎麼個順理? 順理完了(後略)”(どのように片付けるのか。整理は終わった。)

とある。その他『佩文韻府』や『騈字類編』等にも〈晉書、宣帝紀論〉の用例が見られるが、韓国語での「順理」は用例でも分かるように、主に「道理に従う」という意味として用いられているようである。

(8) 2.2の(ホ)に属するもの

3.8 外生的 要素 → 外部的要素(5.25)

外生という語は、『大漢和』や『辞源』にも、その用例を見出だしうるが、『大詞典』にやや詳しいので、それを引き合いに出す。

それによると、

○外生
①忘我、置生命于度外(自分のことを忘れ、生命を度外視する)。
《荘子・大宗師》:“七日而後能外物、已外物矣、吾又守之、九日而後能外生”。
②外甥(姉妹の男の子)。
《三国志・呉志・陸遜伝》:“遜外生顧譚、顧承、姚信並以親附太子、枉見流徙。”

とあり、社説での用例のような「外部」という意味は見当たらないのである。従って、外生は現代韓国語において新しい概念が付け加えられたものであろう。

しかし、晉代の語の外生を「外部」の意味として、最初に使いはじめた人が果してこの語の存在を知っていたのかどうか定かでないので、たったこの二例のみで推論することは慎むべきであろう。

というのは、論者によっては現代韓国語での造語として扱う見方もできるからである。

ここでは、取敢えず外生という漢字語と同じ語形のものが日本の文献、あるいは漢籍に存するのか否かを、一つの目安にしたので、こうした推論に達したのである。

(9) 2.2の(へ)に属するもの
1.21 超法的 行為 → 超法規的な行為
3.9 親北的 長官…→ 親北的長官…

超法的は「法的」という語に、接頭的語要素の「超」が上接したものであるが、日本語ではこうした言い方をしないので、韓国語での造語として見るのである。

親北的という語は、「北朝鮮つまり朝鮮民主主義人民共和国に親しむ」という意味であり、現代韓国語での造語と思われる。

(10)「犠牲羊的行為」と「犠牲的姿勢」
1.14 犠牲羊的 行為 → 犠牲羊的行為
5.25 犠牲的 姿勢 → 犠牲的な姿勢

今回の調査では、上のように「犠牲羊的」と「犠牲的」という両様の言い方が見られるので、その意味用法的特徴について、少し触れておきたい。

まず、犠牲羊的という語が見られるが、犠牲的と言わずに、犠牲羊的といったのは、おそらく犠牲の供え物としてよく羊が利用されることから生じたのであろう。それは「犠牲」という語に、その具体的対象となる「羊」を付することによって、犠牲的という語をさらに強調しているのであろう。

要するに、犠牲羊的という語は、抽象的な意味を表わす「犠牲」と、具象的な意味を持っていて尚且強めの働きをすると思われる「羊」という語との結合によってできたものであろう。

それにひきかえて、犠牲的というと、犠牲の対象が具体的でなく、曖昧で、漠然とした気がするのである。しかし、的の上接語が抽象的であるだけに、犠牲的という語の持つ意味範囲は広くなるのではなかろうか。結局、具体的な対象を表わす「羊」という語がついているか否かによって、その意味は大きく変わってくるのである。

日本語の的と結合する語について山田巖氏は[10)]、

10) 山田巖、前掲論文、p.247

> 的の上接する語および下接する語は漢語だけでなく、和語でも外来語でもいっこうさしつかえないが、出自は争われず、漢語特に抽象的な意味をあらわす漢語といちばん密着するようである。

と述べておられる。こうした点を考え合わせると、犠牲羊的という語は、意味用法の面で特徴的といえよう。

(11) アジア的

外来語に的の付く語例のうち、アジア的という語は「雨窗漫筆緑簑談」(南翠外史、1886年)に、

> 亜細亜的《アジアチック》比馬克《ビスマーク》（第20回）

とあり、これがアジア的の初例のようであるが、現在日本語ではあまり使われない形であろう。

(12) [二字漢字語$_1$]*[二字漢字語$_2$] → [二字漢語$_1$]的(ナ・ニ・デ)[二字漢語$_2$]

1.3 電撃辞任 → 電撃的に辞任(訪問・逮捕)

外生変数 → 外部的変数

1.15 巨視政策 → 巨視的政策

1.20 批判部分 → 批判的な部分(輿論)

1.18 積極賛成 → 積極的賛成(推進・活動・擁護・活用・反映・検討・支援・論議など)

1.28 直接参与 → 直接的参加(活動)

重点支援 → 重点的に支援
2.1 普遍妥当 → 普遍的で妥当
2.7 頽廃行為 → 退廃的な行為
2.9 外交懸案 → 外交的懸案
儀典外交 → 儀典的外交
2.10 本格捜査 → 本格的捜査
2.11 綜合管理 → 総合的に管理
2.21 社会混乱 → 社会的混乱
3.3 経済跳躍 → 経済的な跳躍
3.20 変則開催 → 変則的に開催
人事積滞 → 人事的停滞
平和協商 → 平和的な協議
3.22 基本骨格 → 基本的な骨格(義務・趣旨・常識)
3.23 物量作戦 → 物量的な作戦
3.24 前衛役割 → 前衛的な役割
3.27 代表財閥 → 代表的な財閥
4.3 奴隷売春 → 奴隷的売春
4.4 突発状況 → 突発的な状況
4.14 全面許容 → 全面的に許容
安定市場 → 安定的市場
5.26 優先考慮 → 優先的考慮
4.21 個人意見 → 個人的な意見
4.28 根本手術 → 根本的な手術
4.27 政策混線 → 政策的な混乱
最終責任 → 最終的責任

6.21 身体苦痛 → 身体的苦痛
5.8 時間余裕 → 時間的な余裕
5.15 本質問題 → 本質的な問題
5.16 政治要素 → 政治的要素
5.23 慢性赤字 → 慢性的赤字

このように、韓国語では二字漢字語$_1$と二字漢字語$_2$との間に、的を略した形を多用していることが知られる。用例のうちで「外交懸案・社会混乱・代表財閥」などのように的がつかなくても、日本語として不自然とはいえないものも存するのである。

ところが、積極的賛成・巨視的政策など、一部の語は必ず的を下接してはじめて語として成り立つのである。殊に外生変数の「外生」は、外の例とは異なって現代韓国語での新概念の語であるので、外部という日本語に訳して的を下接している。

(13) 意味用法上、的に準ずると思われるもの
1.27 法理上 → 法律的に
2.25 情緒上 → 情緒的
3.30 制度上盲点 → 制度的な問題点
2.1 雨後竹筍格落薦・落選運動 → 雨後の竹の子的な公認不適格・落選運動
2.3 han件主義式 → 一件主義的(「han」は、一の意)
4.19 現代式建物 → 現代的な建物
3.9 自害恐喝団式手法 → 自殺的・恐喝的な手法
3.22 我田引水式認識 → 我田引水的な認識
3.14 善心性公約 → 人気取り的な公約

4.8 破廉恥性犯罪 → 破廉恥的犯罪

上の例のように、韓国語において、日本語の的のような働きをする漢字語には「～上」(3例)「～格」(1例)「～式」(4例)「～性」(2例)などが存することを解するが、このうち「～式・～性」は日本語起源のものと思われる。

拙稿「接尾語『的』攷」[11]によると、現代日本語では句や混種語には的が付かないのが普通のようである。

従って「雨後の竹の子的な公認不適格」と「人気取り的な公約」は、それぞれ「雨後の竹の子のような公認不適格」「人気取りのような公約」に言い換えたほうがよかろう。

また、破廉恥的という語は、二葉亭四迷(1888)『新編浮雲』第二編に、

> 人を侮辱して置き乍ら咎められたと云ッテ遁辞を設けて逃げるやうな破廉恥的の人間と舌戦は無益と認める、からして……(第十回)

とあるが、こうした言い方は現代日本語では不自然のようである。よって、例の「破廉恥的犯罪」は「破廉恥な犯罪」に言い換えるべきであろう。

「我田引水式認識」という例が存するが、「我田引水」は漢籍には皆目見当たらないのであるが、小学館『日本国語大辞典』(第二版)などに、次のような用例が見られる。

---

11) 拙稿(2001)「接尾語『的』攷ー語構造と句構造を中心としてー」(「日本学報」第46輯)pp.155～164

・斯んな事を申すと我田引水に聞えて困りますが（内田魯庵「落紅」1899年）
・今日の急務は〈略〉先づ牧畜であって、愛国者は即ち牧畜家、即ち救世主といふ様な夥しい我田引水説を唱へ（徳富蘆花「思出の記」1900年）
・かくの如きは、孰れも我田引水の偏見にして、意見の交換は水掛論に終わるべし（長谷川天渓「文芸と道徳」1907年）
・愛知は大いに我田引水な油をかけた（長与善郎「竹沢先生と云ふ人」1924年）

これがもし初例だとすれば、我田引水という語は、19世紀末から使われはじめたと推論できよう。我田引水は「我が田へ水を引く」のごとき書き下し文にも、また「ガデンインスイ」のような字音読も可能であるが、字音読なら的を下接しても日本語として不自然ではあるまい。

いずれにせよ、社説での「我田引水式認識」は、その語構成の要素たる「我田引水」「式」「認識」いずれも日本語起源のものなので、日本語そのものといっても過言ではないだろう。

4. おわりに

これまで韓国の新聞社説に見られる的の用例を扱い、語構成の面、的を下接する漢字語の意味用法的特徴と、結合関係の在り方などをを中心に考察してきた。その結果をまとめて示すと、次の通りである。

先ず、語構成の面では的の上接語のうちで、二字漢字語が異なり語数と延べ語数、いずれも圧倒的多数を占めていることが知られる。このことは、日本語の的の場合とほぼ同様である。また的の上接語は、外来語3語を除外すると全て漢字語であり、固有語(日本の和語に相当する)に的の付く例は、皆目見当たらないのである。日本語では和語にも的が付きうるということを考えると、特徴的といえよう。

次に、的を下接する漢字語の意味用法的特徴と、結合関係の在り方について見てみると、日韓両語においては、次のように様々な異同が見られる。

第一、前進的は日韓両語において、同じ字面の語であるが、その意味を異にしている例である。前進的の同義語に前向的という語が存するが、これは日本語の前向を音読みして、それに的を付したものである。

第二、権謀術数的のように、的の上接語に同類義の二字漢字語(権謀・術数)が重なると、前項の二字漢字語(権謀)を略して、後項(術数)にのみ的を下接する。

第三、事大的のように、的の上接語そのものに思想的な傾向の意味(主義)が含まれていると、それを省いて的を下接する。日本語では事大的と言わずに事大主義的という言い方を用いるだろうが、韓国語では両方を併用している。

第四、痼疾的という語は、病名(痼疾)に的の付いている点で、特徴的であるといえよう。前述のとおり、日本語では的の付きうる形容動詞の語幹は「通俗・永久・変則・経済・健康・神秘・自然・正常・正統」などの語に限られている。

第五、的の上接語が日本語にも存する漢字語のうちで、形容動詞の語幹のものは扨措き、例えば「施恵・枝葉・伸縮・情実」といった漢語は、的を下接しても間違っているとはいうまい。にもかかわらず、一般にそれを下接しないのは、日本人の思考の基底に、そうした形は慣用されないという意識らしきものが潜んでいるかもしれない。

第六、順理・節次という語は、日本の如何なる文献にも見当たらないが、漢籍にその語例を見出しうるものであり、韓国語では的を下接して日常的に用いられているものである。

第七、外生は漢籍出自の語であるが、現代韓国語においてはそれに新概念(外部)を追加して、さらに的を付して使っている。

第八、親北的のように、現代韓国語での造語に的を下接した例も、僅ながら見られる。

第九、犠牲羊的という語は、抽象的な意味を表す「犠牲」と、具象的な意味を持っていて尚且つ強めの働きをすると思われる「羊」という語との結合によって成り立っている。日本語では、あまりこうした形を使わないので、韓国語での特徴的な用法といえよう。

第十、意味用法の上で、的のような働きをするものに「～上・～格・～式・～性」などが見られるが、うち「～式・～性」は、日本語起源のものであるが、韓国語ではごく日常的に使われている。

今回の調査結果、韓国人は日本語起源の的という接辞を、日本人以上に幅広く用いていることが分かってきたのである。的の上接語の語種を調べてみると、異なり語数の438語のうち、外来語3語を除いた残り(435語)は全て漢字語である。このことは韓国語での漢字語は、日本語での漢語と異なって、原則として一字一音であることと密接な関係があろう。

的という語は、現代韓国語においても多用されるようになったが、その背景には、近代化に伴って夥しい数に達する日本語を借用していることと深い関わりがあろう。

それと共に、その底流には物事を表わす時にずばりと言わずに、なるべく遠回しの言い方を使おうとする、言ってみれば日本人と共通した情緒が働いているのかもしれない。

■索 引

く

け

こ

に

は

ひ

ふ

へ

日韓漢語語彙交流の研究

著 者
李仁淳

上智大学大学院 文学研究科 日本語学専攻 文学修士

上智大学大学院 文学研究科 日本語学専攻 博士課程修了

現在 水原大学校 東洋語文学部 日本語学科 教授

初版印刷 2007年 10月 8日 | 初版發行 2007年 10月 15日

著 者 李仁淳
發行處 제이앤씨
登 錄 第7-220號

132-040 서울市 道峰區 倉洞 624-1 現代홈시티 102-1206
TEL (02)992-3224(代) FAX (02)991-1285
e-mail, jncbook@hanmail.net | URL http://www.jncbook.co.kr

ISBN 978-89-5668-548-9 93830 정가 13,000원